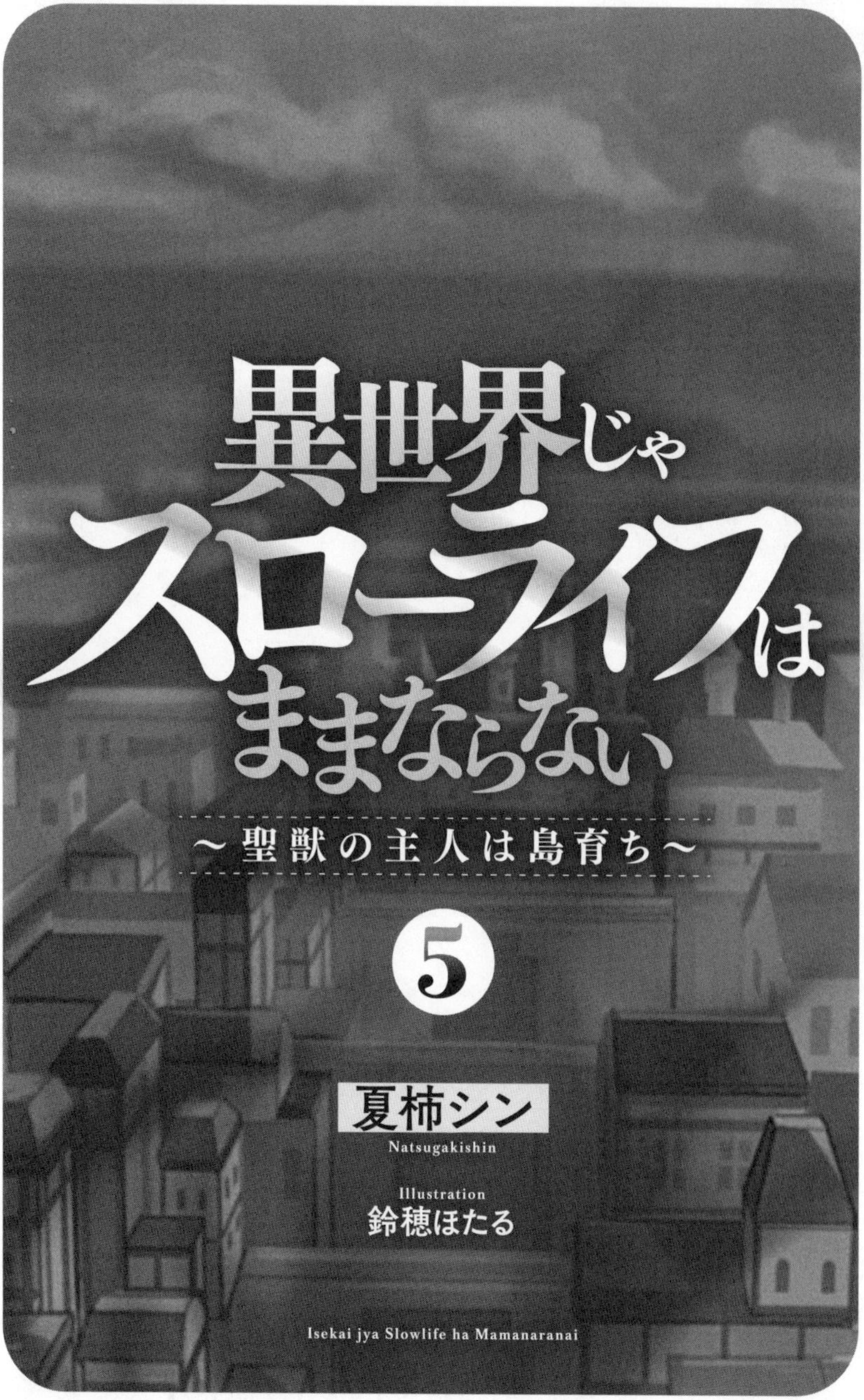

異世界じゃスローライフはままならない

～聖獣の主人は島育ち～

5

夏柿シン
Natsugakishin

Illustration
鈴穂ほたる

Isekai jya Slowlife ha Mamanaranai

アモン
ライルの前世の愛犬。
彼を追って世界の壁を
越え、聖獣となった。
ノクス
森で倒れているところを
ライルに救われた魔物。
今はアモンの弟分。
ライル
自然を愛する元島育ちの青年。
子供を助けて命を落とし、異世界
に転生した。
登場人物紹介 CHARACTERS

シンシア
魔道大国ベマルドーンの魔法使い。
魔道具の扱いは天才級。
???
瘴気に満ちた混沌の世界を望む謎の人物。
トーマス
ライルが通う王立学園の先輩。
優等生だが、どこか底知れない雰囲気がある。

第一章　森の清風《せいふう》は騒乱《そうらん》を予期しない

日本の島で育ち、不慮《ふりょ》の事故で命を落とした俺――ライルは、異世界の小さな村に転生した。

最初は狩《か》りをしたり、魔法を覚えたりしながらスローライフを満喫《まんきつ》するつもりだったのだが、現実はそう甘くはなかった。

なぜなら、封《ふう》じられた危険な負の力……瘴気《しょうき》にこの異世界は脅《おびや》かされつつあり、その解決を転生神であるカムラに頼まれたからだ。

とは言っても、まだ十一歳の俺にできることはたかが知れている。今は王都にある王立学園に通い、冒険者として依頼を受けながら力を付けている最中だ。

当初思い描いていた理想の異世界ライフとはかけ離れているが、これはこれで楽しい。

昨日も四年に一度のお祭り、聖獣祭《せいじゅうさい》に参加し、同級生や従魔たちと一緒に王都の夜を華《はな》やかなパレードで盛り上げたところだ。

だけど……

「やっぱり落ち着くのはこっちだよなー」

聖獣祭四日目、俺は王都を離れ、俺のおじいちゃん……ハイエルフのシャリアスが村長を務める森の民の村にある聖獣の神殿《しんでん》にやって来た。

伸《の》びをすると、隣にいた青い髪の精霊が嬉《うれ》しそうに口を開く。

「ライル様にそう言ってもらえて、ここにいる小精霊たちも喜んでおりますわ」

彼女はエレイン。ここ、聖獣の森を守る水の元素精霊で、俺の従魔の一人だ。

彼女が持つ【湖《みずうみ》の乙女《おとめ》】というユニークスキルは、森にある湖と同じ水源の場所に転移することができる。

王都の学園に通う俺にとって、移動の問題は重要だ。

そこで、仲間であるドラゴンのアサギに頼み、ユニークスキルの【絶対零度《ぜったいれいど》】で湖の水を固めてもらった。こうして作ったクリスタルを各所に置くことで、王都と森の民の村、そして実家があるトレックを、自由に行き来できるようになっている。

「では私はトレックの診療所《しんりょうじょ》におりますので、何かあれば【念話《ねんわ》】でお申し付けください」

エレインは一礼すると、神殿を流れる水の中に消えていった。

一人になった俺は、二匹の従魔を【召喚《サモン》】した。

「【召喚】、アモン、ノクス」

アモンは前世からの愛犬だ。子どもを助けて海に落ちた俺を追いかけ、世界の壁を越えてこの異世界で聖獣となった……見た目はただの柴犬《しばいぬ》なんだけどね。

そしてノクス。彼は見た目の違いを理由に群れから追い出された、元カーバンクルだ。今はナイトメアアポストルという魔物に進化している。

アモンたちと一緒に神殿を出ると、神官たちが洗濯《せんたく》をしているところだった。

そのうちの一人が俺たちに気付く。

「おはようございます。昨夜はすごいご活躍でしたね。空にできた風の道を、従魔たちが駆《か》けていく様子は圧巻《あっかん》でした」

昨日のパレードを褒《ほ》められたアモンとノクスが、舞い上がった。

それぞれ風魔法と幻惑魔法《げんわくまほう》を使って、話し出す。

「そうでしょ！　頑張ったんだよ」

「僕とアモンと従魔のみんなで練習したんだ」

村のみんなや王家の人々に対し、アモンが聖獣だと明かされたのは、今から六年ほど前のこと。最初は信仰の対象である聖獣に壁があった村人たちは、アモンが崇《あが》められるのを望んでいないと知り、今では気安く話しかけてくるようになった。それがアモンには嬉しいらしい。

俺の愛犬が聖獣であることは、昨年、王都の一部の人間……伯爵《はくしゃく》位以上の貴族や、各ギルドマスター、王立学園の関係者などにも公表された。まだ公《おおやけ》には情報解禁されていないけれど、薄々察している人たちもいるようだ。最近ではなかなか王都を出歩けなくなってしまったので、アモンもなんだかんだこっちの方がのびのびとできるみたいだ。

尻尾《しっぽ》を振るアモンの様子が微笑《ほほえ》ましい……ところでパレードの様子について、どうしてとても詳しいんだろう。

「もしかして、みんなもパレードを見てたんですか？」

「ええ。エレイン様が自らのお力を応用し、神殿の水面《みなも》に王都の様子を映してくださったんです。

村のみんなで応援しておりましたよ」

神殿でパブリックビューイングってこと……？　そんな俗物的《ぞくぶつてき》な……

なんて思ってしまうが、森の民のみんなからすれば、聖獣に仕えるエレインの力もまた神聖なものなんだろうな。

普段、森からあまり出ることのない彼らにも楽しんでもらえたなら何よりだしね。

「ところで、ライル様。聖獣祭はまだ続いているのでは？　今日はなぜこちらにいらしたのですか？」

「昨日は聖獣の森で暮らす魔物たちも応援してくれたでしょう？　その声を聞いたら、こっちに来たくなっちゃって……午後には向こうに戻るんですが、それまでここでゆっくりしようかと。どうせ王都じゃゆっくり出歩けないので」

アモンが聖獣だと知った人の中には、政治的な思惑《おもわく》を持って俺に近づきたがる人もいる。

以前から最年少従魔師だとか、家族が有名人だとかで、色目を使われがちだったが、特に今は他国の貴族や商人なんかもたくさん来ている。

不用意に出歩いてトラブルになることを避《さ》けたかった。

「それにおじいちゃんにも少し話があるんです。今から行こうと思うんですが……」

視線を落とすと、足元でアモンが泡立つ洗濯桶《せんたくおけ》の中を見て目を輝《かがや》かせていた。

それに気付いた神官がくすっと笑う。

「もうすぐ洗濯は終わります。よろしければ毛並みもきれいにしましょうか？」

「うん！」

「僕も！」

神官に聞かれて、アモンとノクスが元気に答えた。

アモンは濡《ぬ》れるのはあまり好きじゃないのに、なぜかシャンプーは地球にいた頃から大好きだった。そんなアモンの影響か、ノクスもシャンプー好きだ。

俺は神官たちにアモンとノクスをお願いして、一人でおじいちゃんのところに向かった。


おじいちゃんの部屋に着くと、そこにはフィリップおじさんがいた。

「おはよう、ライル。昨日はお疲れ。大盛り上がりだったね……って、そんな話をするために来たんじゃないいんだろう？　用事があるのは父さんかな。ロッテの件かい？」

おじさんの言葉に驚く。

「どうしてわかったの？」

ロッテ……俺のクラスメイトであり、バーシーヌ王国のお姫様でもあるシャルロッテは、自らの祖父であるハンス国王とある賭《か》けをした。

ロッテが要求した内容は、「聖獣祭二日目にある聖武大会《せいぶたいかい》未成年の部門で優勝したら、王家が隠している秘密について教えること」。この秘密には、アモンが聖獣であり、俺がその主人であることなんかも含まれている。

彼女は俺の従魔であり、大会に【完全人化《かんぜんじんか》】して参加したドラゴンのシオウに勝ち、優勝を果たした。

その件をおじいちゃんに伝えておこうと思ったのだ。

俺が首を傾《かし》げていると、おじさんは言う。

「昨晩、王都から書簡《しょかん》が届いたんだよ。『王家の秘匿事項《ひとくじこう》をシャルロッテに共有するから、ライルとアモンのことも伝えることになる』ってね。父さんも知っているんだけど、今は森のパトロールに出てしまっていて……」

「俺たちの秘密、ロッテに教えていいの？」

おじさんに尋ねた。

アモンが聖獣であり、俺が主人であることは、まだ限られた人にしか明かしていない情報だ。

それを賭けに勝ったからとはいえ、ロッテに共有していいのだろうか。

国王はかなりのジジバカだ。孫可愛さで、本来なら話すべきではないことまで伝えようとしているんじゃ……俺は顔をしかめた。

「ライルが不満そうな理由はわかったよ。だけどハンスは一国の王だ。孫が可愛いのは本当だろうけど、この賭けはロッテの成長を見極めるためでもあったんじゃないかな。王家が守ってきた様々なことを、彼女に教えるつもりなんだよ。たとえば光の妖精族《ようせいぞく》……エンジェルの話に匹敵《ひってき》するような機密事項をね」

おじさんはバーシーヌ王家が秘匿してきた種族を例に挙げた。

俺たちがエンジェルの話を初めて聞いた時、おじさんはその場にいなかったはずだけど……後からおじいちゃんに教わったそうだ。

「ライル、納得がいかないって顔だね」

そんな顔していたかかな。自分の顔に手を当てて答える。

「納得いかないっていうか……なんかうちの家族と王家の関係って不思議だよね。おじいちゃんが昔から王家の面倒を見てるっていうのに、意外とお互い知らないことが多いっていうかさ」

「まぁ、今の僕たちの関係を見ているとそう思うかもしれないね……ちょうどジジバカもいないし、いい機会だ。昔の話をしようか」

おじさんは少し表情を引き締《し》めて、話を切り出した。

「今でこそ森の民はバーシーヌ王家と友好な関係を築いているけど、元々はそうじゃない」

「敵だったんだよね？　王国は森を脅かそうとしていたんでしょ？」

俺たちの話に割って入ったのは、シャンプーを終えてきたアモンだった。

扉《とびら》にはしっかり鍵《かぎ》をかけていたんだけど、アモンには物体をすり抜けるユニークスキル……【透《とう》徹《てっ》の清光《せいこう》】があるので、そんなことは関係ない。

よく見れば足輪に宿った不死鳥、フェルが白炎を出し、アモンの領域を広げていた。こうすればアモンの領域内にいる存在にも、彼のユニークスキルの効果が表れる。

そうやって頭に乗ったノクスと一緒に、扉をすり抜けてきたみたいだ。

俺はアモンに尋ねる。

「敵だったってどういうこと？」

「前にヴェルデから聞いたんだ。大戦の時、王国は資源欲しさに森を脅かしてたって。聖獣が人間と距離を置くようになったのも、それが原因だったんだって」

そういえばおじいちゃんが「昔はエルフも排他主義《はいたしゅぎ》だった」って言ってたな。

アモンの返事を聞いて、おじさんが目を細めた。

「敵って考えは半分正解だね。王家の男子が幼少期にうちの村で修業するのは、人質制度の名残《なごり》だから」

人質……

確かに他国に血族を留学させたり、嫁《とつ》がせたりするのは政治的な外交手段だと聞く。

「一方で協力関係にあることは間違いない。共依存《きょういぞん》って方が正しいかもね。お互いにいないと困る存在なんだよ。父さんがなんで『銀《ぎん》の射手《いて》』って呼ばれているか、ライルは知っているかな？」

「まぁ、多少は……」

俺のおばあちゃんは、自らの命を犠牲《ぎせい》にドラゴンゾンビの瘴気を浄化した聖女、マーサ。そして俺の両親であるヒューゴとリナは、伝説的な冒険者だ。二人は、この国の第三王子のジーノさん、そして魔道大国ベマルドーンの凄腕魔道具使いであるシンシアさんと共に、冒険者パーティ『瞬刻《しゅんこく》の刃《やいば》』として大活躍していた。

うちの家族は、英雄譚《えいゆうたん》として語り継がれるほどの有名人ばかりなのである。

俺としては家族の話を聞くのがむずがゆくて、そうした話を避けてきたんだけど……おじいちゃんの活躍は歴史の授業で学ぶので、避けようがなかった。

大戦の時代……今より約七百年前からの二百年間。

この期間に、魔道具を使った大規模な戦争が三度起こった。

兵器としての魔道具が発展した時代だ。いかに強力な魔道兵器を所有しているかが、戦いの趨勢《すうせい》を決める。

各国が魔道兵器の開発を競い合い、長きにわたる戦いは泥沼化《どろぬまか》していた。

しかし五百年前、その状況を変える者が現れた。

おじいちゃん――シャリアス率いる『閃風《せんぷう》』と呼ばれる森の民の部隊の登場だ。

彼らは高い魔力操作技能を活《い》かして、少人数で各国に潜入し、その国の主力魔道兵器をことごとく破壊した。

『銀の射手』というおじいちゃんの異名は、魔道兵器の要《かなめ》を見抜き、的確に射貫《いぬ》いた姿から付いたものだ。

これまで不干渉《ふかんしょう》を貫《つらぬ》いてきた森の民の参戦によって、戦場の盤面《ばんめん》は変化した。

加えて、同時期に獣人たちの解放運動が各地で起こったことも大きく影響した。

傭兵《ようへい》として重宝《ちょうほう》されていた獣人たちだったが、魔道兵器の発展により人が並外れた力を持つようになると、ないがしろにされるようになったのだ。獣人差別が横行し、中には魔道兵器を開発するための実験台にされてしまった者も多くいたという。

そんな獣人たちに『閃風』の噂《うわさ》が届くようになると、彼らは兵器の開発現場で暴動を起こすようになった。

こうして、各国の兵器開発は内外からの攻撃によりストップ。おじいちゃんたちが完成間近だった魔道大国ベマルドーンの魔道艦隊《まどうかんたい》を破壊すると、これが決定打になった。

魔道兵器の先進国だったベマルドーンの国力は急激に衰《おとろ》え、全ての国が和平に向けて歩み寄り始めたのだ。かくして魔道具による戦争——大戦の時代は終わりを迎えた。


俺が一通り説明すると、おじさんが口を開く。

「うん。そうだね。アモンが言った通り、大戦期のバーシーヌ王国はこの森を荒《あ》らしていた……と言っても表立って動いていたわけではなくて、傭兵を使って密猟《みつりょう》させていたんだ。後々にその話が出た時も、『王家は関与していない』ってしらを切ったようだしね。王国だって、本格的に侵略《しんりゃく》するのは避けたいはずだったんだ」

聖獣の森には、瘴気に満ちた禁区《きんく》……混沌《こんとん》の森がある。混沌の森は瘴気封印の地だ。森の秩序《ちつじょ》が脅かされれば、大きな被害が出てしまう。

「もしかして森の民が戦争に参加したのは、王国が大々的に森を侵略しようとしたから？」

「その通りだよ。ベマルドーンの魔道艦隊の開発を知った王国内では、対抗できる魔道具を作る必要が出てきた。そのためにこの森へ侵攻し、資材を獲得するべきという方向に舵《かじ》が切られそうになったんだ」

目先の戦争を優先せざるを得ないくらい、切羽詰《せっぱつ》まってしまったというわけか。

「森の民としては当然、受け入れられない。だけど、王国が敗戦すればまずかったのも事実だ。少数民族である当時の森の民――エルフにとって、王国は他国からの侵攻を阻《はば》む傘《かさ》であることは間違いなかったから」

確かに、聖獣の森は混沌の森と古龍《こりゅう》の山脈に囲まれていて、隣国から侵攻されにくい立地だ。ただ東や南には大きな平野があるため、バーシーヌ王国がなくなればがら空《あ》きになってしまう。

おじさんが共依存なんて言ったのは、そういう意味だったのか。

「だから父さんが動いたってわけ。王都の授業だと、そんな風に習わないと思うけどね」

確かに。授業では「友であるバーシーヌ国王のために立ち上がった」と教わった。

「じゃあ、おじいちゃんと王家が仲良しなのは、昔からってわけじゃないんだね」

俺の問いにおじさんは頷いた。

「信用できるようになったのは、ここ数十年だと思う。この森の民の村ができたのだって、百年くらい前のことだそうだから」

「そうなの？」

「大戦でその力が知れ渡った森の民は、各国の刺客《しかく》に狙われていたからね。聖獣の森の中に複数の拠点を作って、それらを移動しながら生活してたんだ。父さんが母さんと出会うまで独り身《ひとりみ》だったのも、一族を守りながら、家族を守る余裕なんてなかったかららしいよ」

時が流れるにつれ、国同士の争いは減っていった。

魔道兵器の先進国だったベマルドーンが、その技術を活かして農業大国になったように……戦争で領土を拡大せずとも、豊かに暮らせるようになっていったからだ。

技術革新が戦争によってもたらされるのは、残念ながら異世界でも同じだったか。

だけど森の民の村にそんな歴史があったなんて……我が家と王家の繋がりをはじめ、まだまだ知らないことだらけだ。

たくさんの本を読んで、勉強して……ある程度は物事を知っているつもりになっていたことが、少し恥ずかしい。

それを察したのか、おじさんがまた口を開く。

「ライルが知らないのも無理はないよ。父さんは聞かせたくなかったと思う。戦争の英雄ってことは、それだけたくさんの命を奪《うば》ったってことだから。少なくとも君が大人になるまで話さなかっただろうね」

「どうしておじさんは話してくれたの？」

「僕は君を子どもだなんて思ってないから」

その言葉にドキッとする。

俺に前世の記憶があることは、従魔たちと、友人のマルコを除《のぞ》いて誰にも話していない。だからおじさんにはバレていないはずなんだけど……

アモンとノクスが口々にフォローする。

「ライルはまだ子どもだよ」

「そうだよ。成人だってまだ先なんだから」

それを聞き、おじさんが微笑む。

「わかっているよ。だけど大人と同じように判断できる子だと思っている。そういう子に『子どもだから』と真実を教えないのは、賛成できないんだよね」

少しため息混じりに言って、さらに続けた。

「こんなの森の民なら誰でも知ってる話で、秘匿されているわけでもなんでもないんだ。父さんに気を遣《つか》って、みんなあんまり言わないだけで」

ああ。だから俺に事情を教えてくれたのか。子ども扱いせずに、相手にきちんと向き合う……こういうところが、第二王子で財務卿《ざいむきょう》のルイさんと気が合う点なんだろうな。

「ねぇ、フィリップはシャリアスについて知らないことはあるの？」

アモンに聞かれ、おじさんは笑いながら答える。

「そりゃ、あるよ。昔の恋人とか、そういうこと知りたいタイプじゃないから、僕」

それは俺もそうだな。親の恋愛事情とか知りたくないし。

「でも一番わからないのは……父さんが本当はどれだけ強いか、かな」

おじさんはなんだか意味ありげに言った。

おじさんと話をした後、俺とアモン、ノクスは、森の警備という名目で散歩に出た。

そして昼前に戻ると……村の中心にみんなが集まって、御馳走《ごちそう》を並べていた。

おじいちゃんも帰ってきているけど……ロッテの件をもう知っているなら、わざわざ俺から伝えなくていいかな。あとで挨拶《あいさつ》しようっと。

村のみんなは「せっかくのお祭りだから、自分たちも楽しみたい」と言っているが、それが言い訳であることはすぐにわかった。

たくさんの従魔を率いて空を駆けるアモンの姿は、きっと聖獣を信仰する森の民たちにとって、ありがたい光景に映ったに違いない。

きっと感謝の気持ちをどうにかアモンに伝えたいと考えて、いろいろな料理を用意したのだ。

実際、アモンから「森の民の村に行くと自分の好きな食べ物がよく出てくる」と聞いていたし。

「僕たちが遅《おそ》くなったら、アスラは負けちゃわないかな？」

アモンが心配しているのは、この後の予定だ。

午後からは、聖武大会の成人の部に出場している『鋼鉄《こうてつ》の牛車《ぎっしゃ》』という冒険者パーティの一員……アスラの試合を応援に行く。

俺はアモンの頭を撫《な》でる。

「アスラなら勝ち進めるから、少し遅れても大丈夫だよ」

「そうそう。万が一負けてたら『恥ずかしいところを見られなくてよかった』くらいは言ってもらわないと」

ノクスは可愛い顔してたまに辛辣《しんらつ》なことを言うよな。一昨日だって俺に……と思い出した瞬間。

——私、父上のそういう鈍感《どんかん》なところ、大嫌い。

アサギに言われた言葉がフラッシュバックする。

……反抗期なのかなぁ。

そうこうしていると、シオウから【念話《ねんわ》】が入った。

『父上たち、そっちで食べてるの？　それなら俺も行きたい！』

シオウとアサギは学園の友達と一緒に、シルバーウルフのマサムネが出演する百獣《ひゃくじゅう》サーカス団の公演を見に行っている。

公演の場所は聖武大会が行われるアリーナの隣だ。てっきりそのままアリーナに向かうものだと思っていたが、昼食は家で食べるつもりだったようだ。

『アサギはどうする？』

俺が聞くと、『そっちで食べるって言ってるよ』とシオウを介して返事があった。

アサギ、なんで怒っているんだろう。

昨夜のパレードの時は、アイコンタクトを取れたのに……今朝になったら、また口をきいてもらえなくなった。

『王都の屋敷はまだ昼食の準備をしておりません。よろしければ私も合流し、配膳《はいぜん》を手伝いましょう』

今度は聖獣の祠《ほこら》の隣に生えていた大樹の精霊、ヴェルデから【念話】が届く。

というわけで、俺はシオウ、アサギ、ヴェルデを【召喚】する。

こちらに来た途端、アサギはプイッとそっぽを向き、俺のそばを離れて森の民と話し始めてし

まった。

やっぱり明らかに避けられている……

ノクスにポンポンと肩を叩かれたので、気を取り直し、昼食を楽しむことにする。

そういえば前世……日本の離島で暮らしていた頃も、めでたいことがあると、村長の奥さんが御馳走を作って家に招待してくれたっけ。アモンも思い出しているのか、俺の隣で尻尾を振っている。

最後にそんなことをしたのは、村長の孫である悟《さとる》が家族と一緒に本州から遊びに来た時かな。

崖《がけ》から落ちそうになっている悟を助け、俺は死んだ。とはいえ、その行動に後悔はない。

あれからもう十年以上。

地球とこっちの世界とで時間の流れが同じかはわからないけど、悟も大きくなっただろう。

みんな元気にしてるかなと、久々に前世に思いを馳《は》せた。

◆

聖獣祭四日目の朝。

『瞬刻の刃』の一員にして、ベマルドーンに属する魔法使い、シンシアはある目的を果たすため人を待っていた。

王都の正門前の広場に待ち人――父、ノモッコが護衛の男二人、そして黒いフルメイルを身に纏《まと》う騎士を連れて入ってくる。

それをシンシアが出迎え、用意した馬車に乗るよう促《うなが》す。

ノモッコとシンシアが乗り込むと、護衛の一人が御者台《ぎょしゃだい》に座った。

しばらくすると、馬車がゆっくりと走り出す。

魔力至上主義のベマルドーンにおいて、魔力が少ない落ちこぼれだったシンシアは父との折り合いが悪い。二人の間に沈黙が流れる。

連れてきたもう一人の護衛とフルメイルの黒騎士は、馬車の隣を歩き、警護するようだ。

窓からその様子を眺め、ノモッコが口を開く。

「まさか、お前があれを隠し持っていたとはな」

シンシアはそれに答えず、黒騎士を指差して質問を返した。

「彼は乗せないのですか？」

ノモッコはうっすらと笑みを浮かべ、髭《ひげ》を撫でた。

「なんだ？　やつが恋しいのか？」

「こんなことで計画がバレては面倒だと思ったまでです。せっかく彼の死体を使うのですから」

嫌味を言うノモッコに、シンシアは表情を崩さず答えた。

シンシアたちはこれから、バーシーヌ王国を混乱に陥《おとしい》れるとある作戦を行おうとしていた。

「あれの素性《すじょう》を知っている者なら、むしろ乗せていた方が不思議だろうに。あの鎧《よろい》は特注品だ。昨晩お前から話を聞かされて、急ごしらえで作らせたよ」

「……わざわざ作らせたんですね」

「当然だろう。あの娘の力は武力を示す時にこそ真価を発揮するのだ。ドミドスハンマーの所有者に、農具などを作らせておる国がおかしいのだよ」

ドミドスハンマーは、伝説の鍛治師《かじし》であるドミドスが遺《のこ》した、世界に七本しかないハンマーだ。オリハルコンをも加工できるそれは、極めて優れた腕を持つ職人たちに代々受け継がれてきた。

ドミドスの最後の弟子であり、現在はライルの従魔である火の精霊のバルカンを筆頭に、所有者は皆、世界有数の鍛冶師なのである。それはベマルドーンのとある魔道具職人も例外ではない。

吐き捨てるように言ったノモッコを見て、内心でうんざりしながらシンシアは会話を続ける。

「彼女が作ったなら急ごしらえとはいえ、素晴らしい鎧でしょうね」

「ああ。最高の肉体と魂に見合うだけの、面白い性能をした鎧だよ」

「最高の肉体は彼の死体であるとして……魂というのは誰のものなんです？」

「戦い方を見れば、正体に気付くだろう」

そう言われて、シンシアは心臓をギュッと掴《つか》まれるような感覚に見舞われた。

戦闘スタイルを見れば正体に気付ける……それは死体を動かす魂の持ち主が、彼女の知っている人間に他ならないということだ。

「……そうですか。そういえば、ゾグラはどこにいるのですか？」

「案ずるな。今日のことが上手くいけば、会わせてやる」

ノモッコは娘を無表情で見て、そう告げた。

◆

聖獣祭四日目の午後。

森の民の村での楽しい昼食を終え、俺――ライルは従魔たちと王都にあるアリーナに来ていた。

会場には、すでに多くの人が詰めかけている。

今行われているのは、聖武大会成人の部。

国内外から腕自慢《うでじまん》がやって来て、強さを競うこのイベントこそ、聖獣祭のメインイベントと言っても過言ではない。

『すごい熱気だね』

会場の様子に気圧《けお》されたのか、ノクスが言った。

シオウやロッテが参加した学生の部もおおいに盛り上がったが、それ以上の盛況ぶりだ。

アサギとシオウはそれぞれ友達と約束しているそうで、ここからは別行動となる。ヴェルデも一度王都の屋敷へ戻るとのことで入り口で別れた。

俺とアモン、ノクスは空いている席を探して、人混みを進む。

ノクスがユニークスキル【拒絶《きょぜつ》の魔鏡《まきょう》】で人除けの結界を張ってくれたから、聖獣であるアモンや何かと有名な俺が近づいても、周囲の人たちは気付く様子がない。

「今回は最高の当たり年だ！」

「彼が戦う姿を見られる日が来るなんて思ってなかったわ」

「予選も快勝だったしな。決勝が楽しみだぜ！」

観客たちの会話から察するに、どうやら予選は全て終わっているみたいだ。思っていたよりも、試合の進みが早い。

「アスラはちゃんと勝ち残ったかな」

俺がそう呟くと、不意にアモンが立ち止まった。

怪訝《けげん》そうにあたりを見渡した後、眼下のバトルエリアをじっと見つめる。

「どうしたの、アモン？」

『ねぇ、ヒューゴって有名な冒険者なんだよね？』

【念話】で返ってきた質問に、俺は首を傾げた。

「父さん？　そうだけど……それがどうしたんだ？」

『そんなヒューゴが出場したら、みんなもすごく喜ぶよね？』

「急に何を言って――」

アモンの視線の先を追った俺は、言葉を失った。

バトルエリアのフィールドの端《はし》に立つ男性。戦う準備をしているその人は、間違いなく俺の父さん――ヒューゴだったからだ。

「ライル、遅かったじゃないか。捜《さが》すのに苦労したぜ。お前たちの席は取ってあるから、こっちに来いよ」

驚きで固まっていると、アスラが声をかけてきた。

「アスラ、負けちゃったの？」

目を丸くしたノクスが、軽いノリで聞いた。

「負けてねぇよ！　そもそも、俺は試合に出てないんだ」

そう言って、バトルエリアを見る……父さんはアスラを激励するために、王都の屋敷で朝食を食べた後、会場へ向かった。

もしかして、何かあったのかな？

詳しい事情を聞くために、アスラの後をついていく。

向かった観客席には、『鋼鉄の牛車』のメンバーであるパメラとクラリスが待っていた。

ノクスに頼んで、新たに防音の結界を展開してもらう。

俺たちが座ったのを確認して、アスラが説明を始める。

「実は、ヒューゴに俺の出場権を譲《ゆず》ったんだよ」

聖武大会成人の部は、王都の冒険者の中でもトップクラスの実績を持つ一名に出場権が与えられる。

試合開始前、この会場にやって来た父さんは、アスラを見つけるや否や「どうしても参加したいから、出場権を譲ってくれ」と頼んできたそうだ。

「それって本当ですか？　父さんって、そんな目立ちたがり屋じゃ……」

「ねぇよな。やるべきことをやっていたら、結果的に目立っちまう、お前と同じタイプだな」

俺の言葉を引き取って、アスラが言った。武骨《ぶこつ》な手で俺の頭を撫で、さらに続ける。

「だからこそわかったんだよ。何か事情ができたんだってな」

それはそうなのかもしれないけど……

「ギルドの代表者が代わっても大丈夫だったの？」

ノクスの疑問はもっともだ。

冒険者ギルドでは各地の支部からも代表者が選出される。ただ、基本的には一番ランクが高い冒険者だ。

父さんはアスラたちと同じで王都で活躍するAランク冒険者だったけど、俺が生まれる前に引退していたはず。

「ヒューゴはね、アスラに頼むのと同時に、王都の冒険者ギルドに復職を申し出たのよ。ギルマスも彼が本気であることを汲《く》んで、代表者の変更を認めたの」

パメラの言葉に耳を疑った。

再び王都で冒険者活動を始めるということは、父さんは拠点を王都に移すつもりだってことだ。

母さんはトレックの診療所で瘴気の病にかかった患者を診《み》ているから、そう簡単には引っ越せない。

そうなれば離れて暮らす必要が出てくるわけで……

「どうして急に……」

思わず漏れた声に、アスラが答える。

「理由は教えてくれなかった。『些細《ささい》なことだし、勘違いかもしれないから』だってさ。でも『自分が確かめないわけにはいかない』って言うんだよ」

「母さんは知っているんですか？」

「多分、聞いていると思う。あいつはあいつで、医療ギルドのギルマス……アンジェラに頼んで、急遽《きゅうきょ》大会の救護班に入ったらしいからな」

父さんも母さんも、今朝、王都の屋敷で一緒にご飯を食べた時は普段通りだった。

朝食後、俺はクリスタルを使って森の民の村に転移したから、何かあったのならそれ以降だと思うけど……

母さんの代わりにトレックの診療所にいる俺の従魔、アセナという魔物のユキに確認してみたが、何も知らされていないらしい。

「何かあるなら、俺に相談してくれてもいいのに……」

息子に言いづらい悩みなのかもしれないが……そんな心情を察したように、アスラが俺の肩に手を置いた。

「お前を子ども扱いしているから言わなかったわけじゃないと思うぜ」

「そうね。それにね、予選が進んだことでヒューゴが出場した理由は見当が付いているのよ」

パメラがバトルエリアを指差す。そこには漆黒《しっこく》のフルメイルを装備した人物がいた。

魔力の流れを見る【魔天眼《まてんがん》】で目を凝《こ》らすが、特別な術式を施《ほどこ》されているのか鎧の中の様子が全く掴めない。

父さんを見つめているらしいその人には、どこか異様な雰囲気がある。

「彼の名前はリカント。ベマルドーンから来た冒険者で、ヒューゴの決勝の相手よ」

「あれ、本当に冒険者なの？　フルメイルで顔も見えないじゃん」

「怪《あや》しさしかないね」

アモンとノクスがコメントするが、俺も同じ感想を抱いた。

「言いたいことはわかるわ。だから私も知り合いに探りを入れてみた」

聖獣祭には、ベマルドーンに出入りしている冒険者や商人も来ている。

パメラ曰《いわ》く、話を聞くのは難しいことではなかったそうだ。

「リカントの風貌《ふうぼう》についてだけど、全身を隠しているのは普段からみたい。獣人なんですって、彼」

リカントさんはかなり獣《けもの》の特徴を残した獣人らしい。

ベマルドーンにおいて、獣らしい特徴を持って生まれた獣人は、その部分を隠すのが常識なのだとか。

聞いているだけで嫌な気分になるような話だ……

「隠しているとは言っても、いつもはフルメイルじゃないらしいんだけどね。『ベマルドーンの代表として出場するから、国のお偉いさんが用意したんじゃないか……』ですって」

格好の理由はわかったが……なんとも釈然《しゃくぜん》としない。

「俺たちも注意して見てるけど、今のところおかしい行動は見当たらないんだ」

怪しい見た目ってだけじゃ、どうしようもないもんな。

「おっと、そうだ。ヒューゴからこれを預かってる」

アスラからメモを受け取る。そこには『あの馬鹿にも戦いを見せてくれ。従魔とは【感覚共有】で視界を共有できたよな？』と父さんの字で書いてあった。

あの馬鹿……ジーノさんか。第三王子にして軍務卿《ぐんむきょう》だった彼は、昨年のとある事件で命を落とし、王家の秘宝ザラキエルの鎧に魂が宿った。今はリビングアーマーという魔物になり、俺の従魔として暮らしている。

第三王子の死は公表されているものの、魔物となって生きているなんて国民に知られたら一大事だ。

普段は【亜空間】に、共生スキル【シェルター】で作った部屋で大人しくしてもらっているんだけど……

ジーノさんを指名するってことは、もしかして『瞬刻の刃』と関係しているのかな？

俺は【念話】で当のジーノさんにこの件を伝え、心当たりがないか尋ねてみる。

すると、『腕がなまってないか見てほしいのかな』という気の抜けた答えが返ってきた。

絶対にそんな能天気な理由じゃないが、この人に言っても仕方ないかな。

とにかくジーノさんと……あと同じ【シェルター】内で彼の鍛錬《たんれん》に付き合っていた、ハティという魔物のギンジには、試合を【感覚共有】しておこう。

そうだ。『瞬刻の刃』の一員だったシンシアさんなら、何かわかるかもしれない。

それにベマルドーンの出身だし……来賓席《らいひんせき》を見渡すと、彼女を見つけることができた。

髭を生やした老人の隣に座っている。

「あそこで、シンシアさんと一緒にいるのって、もしかして……」

「あの人がシンシアのお父上様……ノモッコ卿よ」

俺が指差すと、パメラは「お父上様」の部分を嫌そうに強調しながら教えてくれた。

魔道大国であるベマルドーンにおいて、貴族の令嬢なのに魔力量が少ないシンシアさんは落ちこぼれだったと聞く。だから故郷を離れ、バーシーヌで冒険者になったのだ。

その経緯からして、家族と上手くいってないのかもとは感じていたが……パメラはもしかしたら事情に詳しいのかもしれない。

いずれにしても、ノモッコ卿の近くには護衛と思しき二人の男が控《ひか》えていて、気軽に話を聞きにいける雰囲気ではなさそうだ。


いろいろ話しながら、試合が始まるのを待っていると……

「お待たせいたしました！　決勝戦を始めます！」

試合開始を知らせるアナウンスに、歓声が沸《わ》き起こる。

父さんと黒騎士がバトルエリアに入ると、声援が飛び交った。そのほとんどが父さんに対する応援で、俺は改めて父の人気を実感した。

「リカントは強いの？」

アモンがパメラに聞いた。

「ここまでの対戦相手を瞬殺しているほどにはね」

「それはヒューゴも一緒だ。あいつ、昔より強くなってる。家族を守るためにずっと鍛錬してたんだな」

アスラが明るく言ったけど、その表情には少しだけ悔《くや》しさがにじんでいる。

開始の合図と同時に、黒騎士が【グラビティ】を発動させた。

「すごい魔力量でしょ？　あれだけで膝をついて動けなくなってしまった人もいたわ」

【グラビティ】は無属性魔法の技で、周囲の重力を操ることができる。

その威力は使い手の技量によるが……相手に膝をつかせるほどとなると、確かにかなりの魔力量と練度が必要だ。

ただ、父さんは涼《すず》しい顔をして立っている。

「相変わらず、すげぇ練度の【受流《うけなが》し】だよ」

アスラが感嘆の声を漏《も》らした。

【受流し】とは、体が受ける力やダメージを軽減するスキルだ。

鍛錬次第で入手できる一般的なスキルだが、習得難度が高い。

俺の知り合いで持っているのは、父さんとアスラ、近衛騎士団副団長のレグルスさんくらいだ。

アスラによれば父さんの【受流し】は別格らしい。今回の【グラビティ】に関しても、九割以上軽減しているはずなんだそうだ。

俺も【受流し】のスキルを習得しようと思ったことはある。しかし父さんから、「お前は魔法を極めればいい。器用貧乏にならないよう、近接戦の鍛錬はそこそこにしておけ」と忠告されて、魔法の鍛錬に重きを置くようにしていた。

さて、俺がいろいろ考えている間も試合は進む。

続いて、黒騎士は【リパルジョン】を繰り出した。

【リパルジョン】は相手を弾《はじ》き飛ばす無属性魔法だ。

名前が異なるため混乱するが、【グラビティ】の効果が横方向になった……というイメージでいい。

ちなみに【グラビティ】と【リパルジョン】を思い通りに制御できるようになると、より上位の魔法である【グラビティコントロール】が使える。

「あの見た目で魔導士なんだね？」

「あぁ、少なくとも予選では無属性魔法だけで勝ち進んでいた」

アモンの質問に、アスラが答えた。

するとノクスが不思議そうに口を開く。

「でも変だよね。そんなに魔力があるなら、属性魔法を使えばいいのに」

ノクスの言う通りだ。

確かにあれだけの威力で【グラビティ】や【リパルジョン】を放てば、並の戦士では相殺《そうさい》できず、力技で押し切れる。

だが【受流し】で衝撃を軽減する父さんが相手なら、基本属性である地水火風の属性魔法を使った方がダメージが通りそうだ。

「マルガネスさんのファンなんじゃない？　『俺も無属性魔法だけで戦うぞー』って手加減しているとか」

「あぁ……こないだの聖魔競技大会《せいまきょうぎたいかい》も大活躍だったし、感化されてるのかな？」

アモンの意見にノクスが賛成した。

マルガネスさんはバーシーヌ王国最後のSランク冒険者で、伝説の魔法使いだ。彼は強力なスキルを持って生まれた影響で、無属性以外の魔法が使えないそうだ。

だから、マルガネスさんに憧《あこが》れているのでは？　というアモンたちの仮説は悪くないと思う。

しかし、そうも単純なやつが英雄オタクのテッド以外にいるだろうか。

ってか、そんな人だったら、父さんが警戒するとは思えないんだよね。

マルガネスさんみたいに、無属性魔法しか使えない可能性はあるけど……

「芸がないな。じゃあ今度はこっちから行くぞ」

様子見していた父さんだったが、今度は自ら仕掛けることにしたようだ。

剣を油断なく構え、一気に間合いを詰めた。

すると黒騎士は【亜空間】から素早く二本の剣を取り出し、父さんの斬撃を受け止める。

そのまま踏み込み、弾き返す。

「双剣使いか……」

二、三撃切り結んだ後、父さんはそう呟いて間合いを取った。
ちょうどその時、【感覚共有】で試合を見ていたギンジが【念話】してくる。

『あの黒騎士の戦い方……ジーノさんに似てるっす』

ギンジに言われて、ジーノさんが演習する姿を思い出す。

うーん……俺には同じ双剣使いであること以外、ピンとこない。

そもそも双剣は扱いが難しく、使い手は滅多にいない。

十数年前、『瞬刻の刃』として活躍していたジーノさんの影響で流行ったそうだが、結局はみんな挫折《ざせつ》してしまったという。

ギンジの意見は、その珍しさゆえだろう。

だがこの話をアスラに伝えると、意外な言葉が返ってきた。

「俺もギンジと同意見だぜ。ジーノ独特の頭のネジがぶっ飛んだ戦い方……踏み込み方なんてそっくりだ」

驚く俺に、パメラが問いかける。

「ライルはどんなところがジーノと違って見えるの？　そこもまた重要よ」

俺は黒騎士の剣の振り方を思い出しながら、冷静に答える。

「ジーノさんって、風属性の強化魔法で補助をしながら戦うスタイルでしたよね。でも、あの黒騎士は【グラビティコントロール】で自分の動きをサポートして……」

そこまで言って、また自分の悪い癖《くせ》が出ていることに気付いた。

俺は【魔天眼】で見た魔力の流れの差で、全然違うと判断していたんだ。

この眼に頼りすぎるなって父さんに言われているのに……

「見えている情報を排除して考えるなんて、簡単にできることじゃないわ。まして魔力が見えれば、そこから得られることだって多いはずだもの」

黙り込むと、パメラがフォローしてくれた。

アスラもパメラも小さい頃からの付き合いだから、俺の考えをよく察してくれるんだよな。なんだか親戚みたいな感じだ。

気を取り直して、ジーノさん本人に聞いてみよう。

『ジーノさんは、あの黒騎士の戦い方が自分と似ていると思いますか？』

『わからないよ。首が繋がってた時は自分の戦っているところは見えなかったもん。今なら生首と鎧だから、客観的に見えるけどね』

期待以下の回答にため息が出そうになった。だけど、彼の話には続きがあった。

『でも、ヒューゴの動き方が俺と鍛錬してた時に似ているんだよね。攻撃を躱《かわ》す瞬間の身のこなしとかが、特に』

やはりお馬鹿さんでも天才は天才だ。

父さんの動きから、それが判断できるとは……

そしてさらに続けた。

『それにさ、あれって本当に人が入っているのかな？』

『どういうことですか？』

『相手の動きを追う時は首くらい動かすでしょ。なのにあいつの頭って、固定されたみたいに動かないじゃん』

言われてみれば、確かにおかしい。

「ねぇ、ライルの【魔天眼】でわからないの？」

アモンの言いたいことはわかる。だが、相変わらず【魔天眼】では鎧の中が見えない。

そんな話をしていると、バルカンから【念話】が飛んできた。

『主君、聖武大会の決勝を見ているか？　ヒューゴ殿が出場されておるぞ？』

『うん……バルカンも来てたんだね』

どうやら、弟子たちと一緒に観客席からこの試合を観戦しているみたいだ。

俺がこちらの事情を伝えると、バルカンは納得したようだった。

『主君の【魔天眼】が効かないのは術式のせいだけではない。あの鎧が、特殊な加工をしたオリハルコンでできているからだ』

バルカン曰く、オリハルコンの密度を高くする加工方法があるらしい。

それを行うとオリハルコンは黒色になる。

『密度を高めれば高めるほど、重量が重くなる。我は人が持つ装備を作ることを好むゆえ、滅多にそういった加工はしないが……』

『そんなに重くなるの？』

黒騎士は【グラビティコントロール】を使えそうだから、極端に重い装備を纏っていても不思議ではない。

『あぁ。ましてや主君の【魔天眼】で見えぬほどとなれば、かなりの重さだ。それを操るとは……』

『それじゃあ、そんな鎧を着て戦えるリカントさんは、超凄腕の無属性魔法使いってこと？』

『そうだろうな。主君に匹敵するほどの魔力量と操作技能を持ち合わせているのは間違いないだろう』

俺に匹敵って……自分で言うのもなんだが魔力量、そして魔力の回復スピードについてはチート級だと自負している。

【魔力超回復《まりょくちょうかいふく》】という、自然エネルギーを魔力に変換できる共生スキルを持っているからだ。

そのため魔力は常に満タンに近く、余分な魔力は従魔たちを通して、自然界に返しているほどだ。

それに並ぶなんて……それこそ、宿主から魔力を吸い上げるパラサイトマッシュを数十匹も従魔にしているマルガネスさんくらいだろう。

とはいえマルガネスさんは高齢だから、あんな動きはできない。

そうこうしている間にも、父さんと黒騎士の攻防は続く。その見事な試合に観客は大喜びだ。

俺も本当なら気楽に楽しみたいところなんだけど……父さんが試合に出たがった理由が気になる。

何かヒントはないかと一挙手一投足《いっきょしゅいっとうそく》に目を凝らしていると、奇妙な点が見えてきた。

「あれだけの無属性魔法の使い手なら、攻撃の瞬間に剣に魔力を乗せることができるはず。重力で斬撃をブーストさせれば、父さんでもダメージを負いますよね？」

「確かにそうだな。いくらヒューゴでも、戦い方を変えざるを得なくなるだろう」

俺の疑問にアスラが答えた。ジーノさんが【念話】で口を挟《はさ》んでくる。

『剣に魔法を乗せるのは俺もしないいんだよねー。せっかく剣を使っているのに、切ってるって感覚がしないいじゃん』

『何それ、怖いよ』

『でも実際大事なんだよ。そういう剣から伝わってくる感覚を体って覚えてるからさ。下手に目先の一撃に囚《とら》われると……』

ジーノさんが何やら語っているが、俺は彼のある言葉が引っかかった。

――体って覚えてるからさ。

そして、別の発言を思い出す。

――あいつの頭って、固定されたみたいに動かないじゃん。

……たとえば、そもそも首から上がないとしたら？

昨年の事件で、ジーノさんの体は生首を残して何者かによって持ち去られている。

つまり、正体不明な黒騎士の中身が彼の死体である可能性は十分……いや、さすがにそれはないか。

仮にアンデッドだったとしても、魔法の資質は魂に由来するのだ。ジーノさんの肉体があるだけでは、あれほどの無属性魔法は使えない。

我ながら突飛な発想だ。

俺は首を横に振ると、愛犬に癒《い》やされるべくあたりを見回した。

ノクスとアスラたちは、まだ剣に魔法を乗せない理由を討論しているみたいだ。

目が合ったアモンが言う。

「なんだか剣と魔法がチグハグで、別の人みたいだね！」

その発言で、俺の脳裏に恐ろしい想像が浮かんだ。

ジーノさんによく似た剣術を扱う黒騎士。彼が使うのは無属性魔法のみで、その様子はアモンに「マルガネスさんのファンなんじゃない？」と言わせるほど、匠《たくみ》の技だ。

まさかそんなことが……

ありえないと思いつつも、不安が拭《ぬぐ》えない。

俺は風魔法を使い、父さんだけに聞こえるように想像を伝えた。

父さんが観客席を振り返り、こちらに向かって頷いてみせる。

そして今までになく大きく踏み出し、黒騎士の懐《ふところ》に飛び込んだ。

防御の構えを取る双剣の間を縫《ぬ》い、父さんは剣の切っ先を鎧《かぶと》と兜の隙間《すきま》に入れる。

「正体を見せてみろ！」

そう叫んだ父さんが、梃子《てこ》の原理で兜を無理やり弾き飛ばした。

カランッと音を立てて、兜が地面に落ちた。

「キャーッ！」

観客席から悲鳴が湧く。

きっと父さんがリカントさんの首を切ったのだと思ったのだろう。

だが……

「見ろ！　兜の中身は空《から》っぽだ」

父さんが宣言すると、観客たちがざわめく。

それは『鋼鉄の牛車』やアモンたちも例外ではない。

【念話】から、バルカンとギンジの動揺した声が伝わってくる。

『あれ？　俺と一緒だ』

『……一緒じゃなくて逆でしょ？　ジーノは首があるじゃん』

唯一あっけらかんとしているジーノさんに、ノクスが冷静なツッコミを入れた。

『違うよ、二人とも。あれはジーノさんと……一対《いっつい》なんだ』

体はジーノさんのもの。そして魂はマルガネスさんのもの……死霊魔術《しりょうまじゅつ》で魂を隷属《れいぞく》させ、死体と結び付けているんだ。

確証はないけど、それしか考えられない。

三日前に参加した聖魔競技大会で、俺はマルガネスさんと会っている。

生者の魂がなぜここに？　一体彼の身に何があったんだ？

疑問は尽《つ》きないが、今は情報共有が先決だ。

俺は全ての従魔に【念話】を繋ぎ、今の状況と仮説を手短に伝える。

バトルエリアでは、父さんが首なし騎士を油断なく睨《にら》んでいた。

正体がバレたというのに、黒騎士は当たり前のように父さんとの戦闘を再開した。

その光景に観客が騒然とする中、会場に凛《りん》とした声が響いた。

「これは一体どういうことか、ご説明いただけますか？　ノモッコ卿」

この国の王太子であり、ロッテの父……マテウスさんだ。

声の元――来賓席に、彼がいるのが見える。複数の騎士を率いているようだ。

冒険者ギルドのギルマス、グスタフさんも一緒にいる。

どうやら、観客が恐慌《きょうこう》をきたさないよう、風魔法で声を大きくしてマテウスさんが対処する様子を伝えているらしい。

マテウスさんがノモッコ卿を問い詰める。

「リカントはベマルドーン所属の冒険者。王都にはあなた方と一緒に入られているようですね」

多くの観客が来賓席を見つめ、息を呑んで聞いている。

「……潮時《しおどき》か。まぁ、十分楽しめたな。シンシア、行くぞ。早く合流しなければ」

ノモッコ卿がそう言うと、隣に座っていたシンシアさんも立ち上がった。

「逃がすな」

マテウスさんの指示で、控えていた騎士が動く。

しかし二人の護衛がノモッコ卿とシンシアさんを守るように立ちはだかった。

彼らはマテウスさんたちの行く手を阻むように、通路に向かってボールのようなものを投げつける。

周囲に煙《けむり》が立ち上った……いや、あれはただの煙じゃない！

「離れろ、瘴気だ！」

グスタフさんが鋭く叫ぶ。

瘴気の煙の中から、【瘴魔化】した魔物が何匹も出現した。

会場は一気にパニックになる。

「落ち着いて行動してください。周囲の騎士やスタッフの指示に従って！」

マテウスさんたちが追跡を諦《あきら》め、来賓の避難誘導を優先する。

幸い、この会場には応援に来ていた俺の従魔が何人かいる。彼らにも手伝ってもらおう。

一般観客席にいたバルカン、学園の生徒と家族が多いエリアにいたシオウとアサギに【念話】する。

『みんなを守りながら、会場の外へ誘導して！　俺たちは大丈夫だから』

『鋼鉄の牛車』のみんなも、素早く臨戦態勢を整える。

ふと、俺は王家の席を眺めた。近衛騎士団団長のオーウェンさんが、国王たちをかばいながら避難させている。

不安そうに視線をさまよわせていたロッテと、不意に目が合う。

もの言いたげな表情だ……俺は「大丈夫だよ」と、風魔法で彼女に伝える。

ロッテはこちらに向かって頷くと、何か決意したような顔をして去っていった。

「死をも恐れぬ勇敢《ゆうかん》な第三王子の肉体と、史上もっとも無属性魔法を極めた英雄の魂を持った最強の戦士……さて、どこまで抗《あらが》えるかな」

ノモッコ卿の言葉は、魂が誰のものか言っているに等しい。

俺が気になったのは、それに対してシンシアさんが「やっぱりそうか」と呟いたことだ。

「行くな、シンシア！　待って！」

「シンシア！」

バトルエリアにいる父さんと、いつの間にか観客席に上がってきた母さんが声をかける。

「ごめんなさい。二人とも……」

シンシアさんは魔道具の杖《つえ》を振り、足元に魔法陣を出す。

そして顔を上げると、俺に向かって杖を放り投げた。

【拒絶の魔鏡】を使って防ごうとするノクスを制し、俺は杖を受け取る。

一体なんのつもりなんだ？

「大爆発に巻き込まれないようにね」

その言葉を残して、シンシアさんは姿を消した。


シンシアさんたちが去ってしばらく。

母さんと合流した俺とアモン、ノクスはこれからの対応を練《ね》る。

会場に放たれた瘴魔は、レグルスさんたち騎士や『鋼鉄の牛車』をはじめとする冒険者が対応している。

彼らなら問題ないだろう。気がかりなのはジーノさんの体……黒騎士だ。

黒騎士が【亜空間】から盾《たて》を取り出し、上空に思いっきり投げる。

それは空を飛んでいた鳥の魔物にぶつかった。

俺の【魔天眼】に、絶命した魔物から黒騎士に向かって魔力が飛んでいくのが映る。

「倒した魔物の魔力が、黒騎士に吸われた？」

俺の言葉を聞いて、母さんが口を開く。

「あれは先生のユニークスキル【喰《く》らわば皿《さら》まで】。殺したものの魔力を、自分のものにする能力よ」

マルガネスさんのスキルまで使えるのか……

すぐに父さんが押さえに向かったけど、あまり悠長《ゆうちょう》にしていられない。

俺が状況を相談すると、エレインが【念話】で考察を教えてくれた。

『リナ様のおっしゃることが事実なら、彼が属性魔法を使えない理由も合点がいきますね。かの魔法使いは、自然に還るべきエネルギーを己がものにしているのですから。それほどに強力なスキルであれば、代償があるのも納得です』

「でも、体に溜め込める魔力には限度があるんじゃない？　……転生させてもらったライルほど、規格外じゃないでしょ？」

ノクスが俺に耳打ちした。

「実は魔力をストックしておく方法があるんだ。たとえば【グラビティコントロール】で魔力を圧縮して、【亜空間】にしまっておく。それを適宜《てきぎ》自分の体に取り込む……みたいにね」

かなり高い魔力操作の技能が必要だが、無属性魔法を極めたマルガネスさんならできたと思う。

でも、それなら攻略法はある。

「ノクス、黒騎士だけを結界に閉じ込めてくれる？」

「ＯＫ！」

ノクスが【拒絶の魔鏡】を発動し、黒騎士をドーム型のバリアに閉じ込めた。

【拒絶の魔鏡】は、バリアの内外で拒絶するものをノクスが指定可能だ。

ついさっきまでの俺たちが、防音の結界の中にいながらも試合を観戦していたように。

だから黒騎士のみを周囲と隔《へだ》ててしまえば、【亜空間】との行き来も阻むことができる。

あとは今体内に残っている魔力が枯渇《こかつ》すれば、動きが鈍《にぶ》くなるはずだ。

すると、騎士は予想外の行動に出た。

なんと【グラビティコントロール】を発動し、鎧を強制的に脱いだのだ。

四方にはじけ飛んだ鎧が、ノクスのバリアにぶつかって地面に落ちる。

鎧を脱いだ体は鎖帷子《くさりかたびら》のようなものを着ていた。だが、どう見てもただの防具ではない。

それは小さな瘴魔石《しょうませき》を数珠《じゅず》つなぎにして作られていた。胸元には赤い石が付いている。

黒騎士は右手を胸に当て、赤い石に魔力を注いでいく……彼の足元を中心に術式が描かれていくのが、【魔天眼】を通してはっきり見えた。

俺はその術式を【思考加速】を使って、急いで読み解く。

魔力を熱エネルギーに変換するもの、そのエネルギーを圧縮させるもの……まさか！

「アモン！　フェル！　バリアの内側に入るよ！　ごめん、母さん。ちょっと行ってくるね！」

アモンが体のサイズを縮めていた【縮小化】のスキルを解いた。

俺が背に乗るや否や、風の道を作る【テュポンロード】を使って駆け出す。

バトルエリアめがけてアモンが突っ込む。足輪に宿ったフェルが、俺たちを白炎で包んだ。

「待て、ライル！」

父さんに説明している時間はない。

俺は何も答えず、アモンの【透徹の清光】でバリアの内側に侵入した。

「アモンはフェルと瘴魔石を浄化して！　足元の術式は俺が解除する……！」

この術式は熱エネルギーを収束させ、爆発を起こす【オーバーノヴァ】の魔法だ。それなら……！

シンシアさんが投げてきた杖を使い、俺は術式を素早く書き換えた。

その間にアモンが瘴魔石の鎖帷子を【ゲイルクロー】で引き裂き、フェルの【浄火】の力で、飛び散る石を浄化する。

俺は氷の棺《ひつぎ》を作る魔法【アイスコフィン】で黒騎士……ジーノさんの胴体を動けなくしてから、バリアの外に出た。

俺たちが出てくると、青ざめた顔の父さんと母さん、そしてノクスが駆け寄ってきた。

「ごめん。今にも【オーバーノヴァ】が発動しそうだったから」

瘴魔石に込められた瘴気をまき散らしながら爆発していたら、おそらく王都は壊滅的《かいめつてき》な打撃を受けていた。

父さんが眉を寄せる。

「だからといって、ライルとアモンが突っ込んでいく必要はないはずだ。危ないだろ！　それに無理に解除する必要があったのか？　ノクスがバリアを張っていたわけだし……」

俺は首を横に振った。

「瘴気は、ノクスの結界でも完全には防げないんだ」

「ヒューゴさん、僕もライルくんの判断は正しいと思いますよ」

そう言ったのは、バトルエリアに降りてきたクオザさんだ。

どうやら彼女も観戦に来ていたそうで、冒険者たちと一緒に瘴魔を倒していたらしい。

術式を見て、慌ててこちらに来たようだ。後ろには『鋼鉄の牛車』の三人もいる。

「あれほどのエネルギーがバリア内で爆発し行き場を失ったら、一大事でした」

王立研究所の有名な研究者である彼女のフォローで、俺が突っ込んだ件について父さんはひとまず納得してくれた。

「シンシアは……大爆発を起こしてこの国を滅ぼそうと……」

アスラがぽつりと呟く。

俺が口を開こうとした時、俺の従魔である土の精霊、アーデから【念話】が飛んできた。

『ライル様、事情は聞いている。リカントなる人物が使っていた魔道具を確認したい。特に赤い石を見たいんだが』

その頼みを受けて、俺はアーデを【召喚】する。

アーデは赤い石を拾い上げると、まじまじと観察し「なるほどな」と呟いた。

「何が『なるほど』なんだ？」

アスラが聞くと、アーデは赤い石を見せながら話す。

「バルカンが一連の出来事を【感覚共有】してくれていてな。彼を通して術式を見た時、おかしいと思ったんだ。この石は本来、爆発の術式を発動させるための起点じゃない。周囲の魔力……つまり瘴魔石の瘴気を吸収して装備者の体内に注ぐ、【瘴魔化】させるための術式だ。それが別の術式……【オーバーノヴァ】に上書きされている。術式を書いたのはそれぞれ違う人間だな」

「もともとは【瘴魔化】させて戦わせるつもりだったんですね」

「最強の体と魂を持つ相手……実現していれば大変な被害が出ていたわね」

クラリスとパメラが難しい顔をした。

アスラがぼそっと呟く。

「じゃあ、なんで【オーバーノヴァ】の術式に変わっていたんだ？」

「きっと、シンシアさんが書き換えたんだと思う。去り際に『大爆発に巻き込まれないようにね』って言ってたから」

俺の推察を聞いて、アスラは声を荒らげた。

「なんでそんなことするんだよ！　確かに、あれだけ強いやつが【瘴魔化】したら大変なことになってただろうが……瘴気と炎に王都が呑み込まれるほうが、やべぇじゃねぇか！」

「……【オーバーノヴァ】だけなら、俺が止められるって信じてたんだ」

俺は【オーバーノヴァ】を不発にさせる方法をシンシアさんに教わっていたこと、そして書き換えに必要なこの杖を彼女が投げてきたことを説明する。

「シンシアは好きでこんなことやったわけじゃないんだな？」

「当たり前だろ？　何か事情があるんだ」

胸を撫で下ろすアスラに父さんが答えた。

「父さんは黒騎士の正体に気付いて出場したの？」

「会場で見かけた歩き方があの馬鹿にそっくりだった。それに頭の動かない兜。まさかとは思ったがな……」

すごい洞察力《どうさつりょく》だな……ジーノさんもそうだけど、きっと俺には届かない領域だと痛感する。

「シンシアはどうして不仲の父親を手伝っているのかしら……そもそもノモッコ卿の目的は？」

母さんの言うように動機が分からない。うーん……手詰まりになってしまった。

『ライル様。ノモッコ卿の件で話をしたいと申しているものがおります。聖獣の祠近くの湖に繋いでいただけないでしょうか？　可能であれば、他の従魔にも【感覚共有】で状況を伝えてくださいませ』

ヴェルデの眷属——スイからの【念話】が届いた。

俺は彼女に言われた通り、全ての従魔に【感覚共有】をすると、【亜空間】からクリスタルを出した。

このクリスタルは湖の水をアサギの【絶対零度】で固めたもの。これをエレインのユニークスキル【湖の乙女】で向こうの湖と繋げれば、双方の音と景色を届けることができるのだ。

周りのみんなにスイから連絡があったことを告げつつ、クリスタルを設置する。

クリスタルに映し出されたのはスイ、そして二頭のホワイトディアだった。

「……前に会ったことがある？」

奇妙な懐《なつ》かしさを覚え、俺は尋ねる。

ホワイトディアの体が光を帯び、角が生えた女性の姿に変化した。

「ええ。ライル様が三歳になられてすぐの時に。その節は大変お世話になりました。ご立派になられて何よりです」

その言葉ではっきり思い出した。彼らは、俺が初めて聖獣の祠に行く時に出会ったホワイトディアの親子だ。

「あなたたちも、シリウスたちのように【人化《じんか》】ができたんですね」

俺の言葉に、女性は首を横に振った。

「私たちが持つのは【完全獣化《かんぜんじゅうか》】というスキルです。私たちは鹿人族《しかじんぞく》。悪《あ》しき者から身を守るため、人ではなく、獣として生きることを決めた存在なのです」

鹿人族……確か、その名の通り鹿の獣人で、大きな角が特徴の種族だったっけ。

俺は本で学んだ記憶を手繰《たぐ》り寄せる。

鹿人族は北方に住んでいたと言われている獣人族だ。ただ現在では、その数は極めて少ないとされている。

彼らが数を減らした原因は、その角にある。

鹿人族の角は、魔力の伝達に優れていた。

魔力伝達の最高峰《さいこうほう》と名高いオリハルコンには及ばないが、圧倒的に加工しやすい。

そこを狙われたのが大戦の時代だ。一部の国においては鹿人族は角を取るための家畜《かちく》として扱われ、幽閉《ゆうへい》されていたと聞く。

「私たちの祖先はベマルドーンから逃れてきました。人を信じられなくなって、聖獣様の森に辿り着き、この地で生きることを望みました。『魔物として生きるのであれば』と、我々を受け入れてくださったのが、当時の聖獣様だと聞いています」

「そんなあなたが、どうしてノモッコ卿のことを知っているんですか？」

「彼を知っているのは、私ではありません」

女性が促すと、視界の端から一人の男が姿を見せた。

その顔には見覚えがある。

実際に会うのは初めてだったが……間違いない。

彼は瘴魔石を作る組織のメンバーだ。

今まで、俺はこの組織と幾度《いくど》となく対峙《たいじ》してきた。

たとえば二年前に参加した学園の課外実習において、当時七年生だったアビスペルという少年を騙《だま》し、ワイバーンゾンビを発生させた事件。そしてトーマスによる昨年の従魔師監禁事件……組織の全貌は未だ明らかになっておらず、捕まえたトーマスをはじめ、構成員は黙秘《もくひ》を続けていると聞く。

手配書を見たからわかる。この男は、数年前にアビスペルに対して「イワン」と名乗って近づいた、トーマスの仲間だ。

でも彼については昨年、聖獣の森に入ってきたところを、森の魔物たちが始末したって聞いたような……

「申し訳ございません、ライル様。私が誤った報告をしてしまったのです。手傷を負わせはしましたが、後始末を森の魔物たちに任せ、最期《さいご》を見届けませんでした。亡骸《なきがら》が出てこなかったことで死したものと判断し、ライル様にお伝えするなど……」

スイが深く頭を下げると、鹿人族の女性が割って入った。

「いいえ、私が悪いのです。森を脅かす者だとわかっていながら、流れ込んでくる感情があまりにも悲しくて……かばってしまったのです」

そう言いながら角を撫でる。

女性によると、鹿人族は角を通じて同族の感情を読み取ることができるらしい。

あの日、聖獣の森を襲おうとしたのは、このイワンをはじめとする複数の鹿人族だった。死にゆく同胞たちの恐怖や嘆《なげ》きに感化され、まだ生きていた男を助けずにはいられなかったそうだ。

「森の魔物として生きると誓《ちか》ったにもかかわらず、このような裏切り……申し訳ございません。いかなる罰《ばつ》もお受けいたします」

同胞を見殺しにできなかった気持ちはわかる。まして、その苦しみが感じ取れてしまうなら尚更だ。

だけど、肯定《こうてい》するわけにはいかない。それをしたら、森を守るために他の鹿人族を殺したスイや森の魔物たちの行為を否定することになるから。

だから俺は「もう謝らなくていい」と言うに留めて、本題に入ることにする。

俺は男を見つめた。

「今は時間が惜しいんだ。ノモッコ卿について知っていることを教えてほしい」

そう頼むと、男は俯《うつむ》きぎみだった顔を上げた。

正直、彼がどこまで真実を教えてくれるかはわからない。だが、大人しく隠れていればよかったはずなのに、こうして姿を現した……それを信じてみよう。

「まず聞かせてくれ。ノモッコ……そいつには、魔力が極端に少ない娘がいるか？」

男の質問に、俺たちは頷いた。

「やっぱりそうか。じゃあ、そのノモッコは5番の操り人形だ」

「5番？　操り人形？」

俺は首を傾げる。

「俺たちは番号で呼び合うんだ。俺は17番。５番は確か……チマージルの出身で死霊魔術士だった」

男――17番が言った。

死霊魔術士……！　昨年の事件で取り逃がしてしまった組織の重要人物だ。

その正体は隣国、チマージルの第一王子、ゾグラ。瘴気に侵された国民を素材とし、瘴魔石を作り出した恐るべき男である。

そいつの人形ってことはもしかして……

「ノモッコ卿は死霊魔術によって操られているって言うのか!?」

それは、トーマスの父親やチマージルのロイヤルナイツの人たちと同じで……死体に魂を縛り付けているってことだ。

つまり、これまでの一連の行動も本人の意思じゃない可能性が高い。

こうなると、ジーノさんの肉体とマルガネスさんの魂を隷属させた死霊魔術士も、きっとゾグラだ。

「そもそも、どうしてノモッコ卿と繋がっていたんだ？」

「俺も詳しくは知らない。だけど……5番が死霊魔術を習得したこととも関係しているはずだ。『これはノモッコが娘のために始めた研究だ』って言っていたような」

シンシアさんのため？　一体どういうことだ？

今のところ、17番は俺の質問に素直に答えてくれている。

なんで大人しく話してくれるのか不思議だけど、今は気にしている場合じゃないな。

「ねぇ、だとしたらシンシアは危ないんじゃない？」

ノクスが17番に聞こえないように小声で言うと、母さんが反応する。

「そうよ。だってあの子が父親に従っている理由がわからないわ。何か危ないことをしようとしているんじゃ……」

「すぐに追いかけないと。ライル、シンシアが去っていた方向はわからないか？」

父さんの問いに首を横に振る。

俺は【魔天眼】で魔力の流れを見ることが可能だが、あの時は瘴気の煙が邪魔をし、痕跡《こんせき》を確認することができなかったのだ。

「あなたが死霊魔術について知っていることを、なんでもいいから教えてくれないか？」

俺が頼むと、17番は頷き、死霊魔術の特性について話してくれた。

通常、死霊魔術はさまよえる死者の魂に体を与える代わりに、自らに隷属させる。

ゾグラはこの術がとにかく上手く、死者を生前とほぼ変わらない状態で自由に操ることができたそうだ。

「隷属した相手とは、どうやって情報を共有するんだ？」

父さんが聞くと、17番は目を伏せた。

「従魔術の【念話】みたいなことはできない。死者は術者の言うことには逆らえないが、ゾグラは基本的に好きにさせているようだった。それでも口頭だったり手紙だったりで、いちいち指示を出していたみたいだが……」

『そんなことができたら、スパイでもなんでも作り放題だね』

アモンが【念話】で言った。

その通りだ。

実際、チマージルの王族を守護するロイヤルナイツの中には、ゾグラによって操られた騎士が複数人いた。

「17番に言わせれば、都合のいいことばかりの能力ではないらしい。隷属の鎖っていうのは魂を削《けず》って作るからな」

「魂を削る？」

父さんが聞き返すと、17番が俺を指差した。

「29番は、『死霊魔術は従魔術の繋がりに似ている』って言っていた。そういうのは、お前の方が詳しいだろう」

聞けば29番は女性の従魔師だったという。きっと、以前俺たちが捕まえた人だ。

俺は考える。

従魔術による人と魔物の魂の繋がりそのものは、【魔天眼】でも見えない。

つまり29番が言いたかったのは、死霊魔術は魔力による繋がりではなく、魂による深い結びつきである……ということだろうか。

今までそんな発想がなかったけど、納得できる説だ。

しかし、ゾグラは昨年、不要になった死者の隷属契約を破棄《はき》している。

魂の繋がりを、そうも簡単に切り離せるものだろうか……

俺が自分の考えを伝えると、17番は首肯した。

「大丈夫じゃないだろうな。あいつは死霊魔術を行使するたびに記憶を少しずつ失っていた。だから、よくメモを取っていたよ」

そんな代償を払ってまで、力を使い続けるなんて……

「一体何が彼に、あなたたちに、そこまでさせているんだ？」

俺が問うと、17番は口をつぐんだ。

その態度に、今まで黙っていたスイが眉を吊り上げた。何か言おうとするのを止める。

そもそも、ここまで教えてくれただけでもありがたい。

別の話題を振る。

「もし自分に隷属した死者を倒されたら、術者にはわかるのか？」

「隷属の鎖が断ち切られたら、その最期の映像が流れ込んでくるそうだ。『魂が術者のところに帰ってくるんだ』って言ってたな。リグラスクが動いたのだって、そうやって知ったんだから」

なるほど。チマージル開国の祖にして不死鳥の島を見守るヴァンパイア、リグラスクさんはロイヤルナイツの一件で解決に動いた。その時の様子が死者の視界に映り、ゾグラに伝わったのだろう。

『ライル様、マサムネを【召喚】してください』

俺たちが話していると、ヴェルデからの【念話】が入った。

『マサムネ？　どうして？』

『昨日、パレードの後、銀狼《ぎんろう》のマサムネと従魔契約されたでしょう？　ライル様のユニークスキル

【共生《きょうせい》】によって、彼には新たな力が芽生えています。お役に立てるでしょう』

ヴェルデには【系譜《けいふ》の管理者《かんりしゃ》】というユニークスキルがあり、俺と従魔たちのステータスを閲覧《えつらん》することができる。

だから変化に気付いたみたいだ。

俺はマサムネに一言声をかけて、この場に【召喚】した。

【完全人化】して現れたマサムネが、自身の新しい力について話す。

「俺が授かったユニークスキルは【追跡《ついせき》の隻眼《せきがん》】。対象の魂をマーキングし、地の果てまで追うことができます」

マサムネの右目が青く輝いた。

そうか。先代聖獣を厚《あつ》く信仰し、その痕跡を追って何年も修業の旅に出ていたマサムネなら、こういうスキルを授かるのも納得できる。

「弾け飛んだ魂でも後を追える？」

『大丈夫です。私が保証します』

博識なヴェルデが太鼓判《たいこばん》を押すなら、やってみる価値はありそうだ。

「わかった。みんな、俺がジーノさんの死体に結ばれた魂の隷属を断ち切るよ。それをマサムネの力で追いかければ、死霊魔術士のところまで辿り着けるってヴェルデが【念話】で教えてくれた……ノモッコ卿が仲間と合流するつもりなら、多分そこにシンシアさんもいる」

俺がみんなに掻《か》い摘《つま》んで説明すると、父さんが「わかった」と頷いた。

俺の肩に手を置いて、言う。

「そうしたら、追いかけるのは俺に任せて、お前はここに残るんだ」

「えっ、なんで？」

すっかりマサムネと一緒に行くつもりでいたので、驚いて疑問を投げる。

「操られているとはいえ、相手はベマルドーンの貴族……そして、首謀者《しゅぼうしゃ》はチマージルの第一王子だ。チマージルの女王様はすでに事情を知っていて、バーシーヌ王家との間でいろいろと話が進んでいるが、ベマルドーンはどうなるかわからん……場合によっては外交問題になる。そこにお前を連れていくわけにはいかない。他のやつらもな」

父さんが周りを見渡して宣言した。

「私とヒューゴが行くわ。私の父、シャリアスはハンス国王と対等な立場にある。何かあったとしても、他のみんなが行くよりはベマルドーンも慎重《しんちょう》な態度を取るでしょう。ライル、エレインさんに頼んで、王家のみんなにもこの件を報告しておいてもらえるかしら？」

「わかったよ、母さん。エレイン、お願いできる？」

『もちろんです。ライル様、リナ様』

クリスタルは王城にも置いてあるから、彼女ならすぐ報告へ行ってくれるだろう。

『鋼鉄の牛車』の三人とクオザさんも、異論はないみたいだ。

「これは俺の勘《かん》だが、お前は王都にいた方がいい。事態がこれで終わるとは思えないんだ。だから——」

「うん」

俺は父さんの言葉を遮《さえぎ》り、短く答えた。

「子どもだから」という理由で置いていかれるわけじゃないのは、目を見ればわかる。

俺はロウガとギンジを【召喚】した。

「父さんと母さんをお願い。シンシアさんを乗せて、無事に帰ってきてね」

そう伝えて、俺はジーノの体を振り返る。

俺にはリグラスクさんからもらった隷属の鎖を断ち切る力がある。これで……

そこまで考えて、手が震えた。

マルガネスさんの魂を切り離し、あの世に送らなければいけない。

思わず顔を伏せる。

『ライル、大丈夫？』

俺の震えに気付いたアモンが、【念話】してきた。

『……平気だよ。このままじゃ、マルガネスさんの魂が救われない』

だから覚悟を決めて、今一度ジーノさんの体を見た……って、あれ？

見えたものが信じられず、俺は目を擦る。

ジーノさんの体に向かって、【魔天眼】でもほとんど見えないほど微弱な魔力が飛んでいるのだ。

これは……まさか！

「アモン！　俺を乗せて、今から案内する方向へ連れていって！」

俺は【縮小化】を解いたままだったアモンによじ登る。

「おい、ライル！　どうした？」

突然の行動に、父さんが声を上げた。

「もしかしたらマルガネスさんが生きているかもしれない！　ここで待ってて、すぐに戻ってくるから！」

説明している時間も惜しい。それだけ言って、俺はアモンに乗って駆け出した。

上空に出ると、魔力の流れは医療ギルドに向かっていた。

アモンに頼んでギルドの前で下ろしてもらうと、俺は中に飛び込んだ。

そこではアンジェラさんとギルド職員たちが、さっきの混乱で発生した怪我人や、瘴気に触れた人たちの治療に追われていた。

そこに俺が駆け込んできたものだから、みんなの視線が一斉に集まる。

驚きでみんなが固まったのをいいことに、俺は魔力の出所を探して、ギルドの奥へ進んだ。

やがて、ある部屋の前に辿り着く。

「ライル、何があったのだ？」

アンジェラさんが駆け寄ってきた。

「この部屋ってなんの部屋ですか？」

「かつて父が使っていた部屋だ。今もそのままにしているが……」

「ごめんなさい。入ります！」

そう謝って、俺は中に押し入った。

そこには倒れたマルガネスさんがいた。彼の頭に生えたパラサイトマッシュたちは今にも枯《か》れそうなのにもかかわらず、宿主に向かって必死に魔力を送っている。

「なぜこんなところに先生が……！」

困惑しきっているアンジェラさんには申し訳ないが、ひとまず説明はあとにしよう。

俺はパラサイトマッシュ――せんちゃんたちに魔力を送る。

そして【亜空間】からサークレットを取り出し、【詠唱《えいしょう》】を始めた。

生命の灯《ともしび》　やわらかな風を受け　我が力に光り
かの日の祝福を　過ぎし日の歌を　現今《げんこん》の想いを
明日への冀求《ききゅう》とし　今輝け　大いなる息吹《いぶき》よ
【グレイテストエナジー】

これで肉体は回復したはず。

だけどマルガネスさんはちっとも目覚めない……って、それもそうか。まだここには魂がないんだ。

一人で頷いているとアンジェラさんが来て、隣に屈《かが》む。

マルガネスさんの頬《ほほ》に手を当てると、俺を見た。

「ライル、どういうことか説明してくれるか？」

その後、俺はアンジェラさんを連れて、アモンのもとへ戻った。

事情を知らないまま運んでくれたアモンだったけど、俺が抱えているもの――マルガネスさんの肉体に気付くと尻尾を振り始める。

再度アモンの背中に乗り、アリーナへ向かう。

その道中で、アンジェラさんには現在の状況を手短に伝えた。

マルガネスさんを抱えた俺が空から下りてくると、アリーナに残っていたみんなは唖然としたようだ。

せんちゃんたちに日が当たらないように注意しつつ、マルガネスさんをジーノさんの肉体のそばに寝かせた。

「先生は無事だったのね」

喜ぶ母さんに向かって「うん」と頷いてから、俺は口を開く。

「普通はね、魂が抜けても生きてる……なんてことないと思うんだ。多分、寄生しているせんちゃんたちの繋がりが切れなかったから、マルガネスさんの体と魂は完全に離れ離れにならずに済んだんだと思う」

従魔術は魂と魂の繋がり。

せんちゃんたちは、死霊魔術によって肉体から引き離された魂を、必死で繋ぎ止めた。

そして【念話】を使ってマルガネスさんの魂に呼びかけた。

俺が見たのは、【念話】によって生じた魔力の流れだ。

「私を一緒に連れてきたということは、助けるつもりなんだな？」

アンジェラさんが質問してきた。

「はい。隷属の鎖を切って魂を本来の肉体に引っ張り込めれば、マルガネスさんが目覚める可能性はあります。だけど前例はないし、下手すれば……」

そこまで言いかけて、俺は続きを呑み込んだ。そして覚悟を決める。

「絶対に助ける。だから父さんと母さんは、必ずシンシアさんを助けてきて」

俺の言葉に、二人は力強く頷いた。

マサムネ、そしてギンジとロウガに乗った両親が去っていくのを見送って、俺は前に向き直る。

いよいよ、リグラスクさんからもらった力を使う時だ。

「我が血よ。赫《あか》くなりて天への導《しるべ》とならん」

俺が唱えると、透き通った真っ赤な槍《やり》がジーノさんの体を貫いた。

◆

聖武大会での混乱から、数時間後。王都を離れたとある場所にて。

日が間もなく落ちようという頃、シンシアは青年……5番ことゾグラの首元に、ナイフを突きつけていた。

傍《かたわ》らには、彼女によって薬で眠らされたノモッコが倒れている。

「君が俺に会いたいって言ったのに、これは……一体どういうことかな？」

「今すぐお父様を死霊魔術から解放しなさい」

シンシアの要求を聞き、ゾグラはフッと笑った。

「それが君が従っていた理由か……バレていたんだね。君のお父さんが俺の操り人形になっていること」

「真実に辿り着くまでにはだいぶ時間がかかったけどね。この何年か、あなたたちが派手に動いてくれたからやっと繋がった」

「派手に動きたかったわけじゃないんだけどね。聖獣とその主人が現れてから、いろんな歯車が回り始めてしまって……本当は小さな混沌《こんとん》が積み重なって大きな渦《うず》となっていく、そんな――」

シンシアは話を最後まで聞かずに、ナイフの切っ先をゆっくりと押し付ける。

ナイフの刃がゾグラの肌《はだ》に触れた。

「戯言《ざれごと》になんて、興味がないわ」

シンシアの言い分に「戯言ね……」と自嘲《じちょう》したゾグラは、ふと彼女の目を見つめた。

「解放したらどうなるか、わかってて言っているんだよね？」

その問いに、シンシアは小さく頷く。

隷属契約を破棄された人物は、グールと化して暴れ出す。それは彼女も承知していた。

「でも、このままあなたの思い通りになって、誇りを踏みにじられるよりはマシよ……！」

苦しそうに言葉を紡《つむ》ぐ彼女に、ゾグラは悲しげな顔をした。

「どうしてそんな発想になってしまうの？　生きているだけでありがたいってよく言うじゃないか。彼に結びついている魂は、間違いなく本人のものなのに」

「あなたがそれを言うの⁉　父さんの在り方を変えたのは、あなたなのに！」

「確かに君たちが仲違《なかたが》いするように、指示を出したのは俺だ」

元々、ノモッコは娘と接するのがあまり上手な父親ではない。

しかもシンシアが国を飛び出し、バーシーヌで冒険者をしている内に、その関係はさらに悪化した。

いつの間にか、ノモッコは娘に対して冷淡《れいたん》になり、亜人や獣人を露骨《ろこつ》に差別する人物になっていた。

やはり、あれは父の本心ではなかったのだ。シンシアは少し安堵する。

シンシアはゾグラが父と接触したのは十数年以上前……彼女が国を不在にしていた期間だと睨んでいた。

ゾグラが優しい口調で言う。

「君が怒ってるのはわかったよ。このやり方はさすがに意地が悪かったね。ごめんよ。妬《や》いてしまったんだ」

急に態度が変わったゾグラに、シンシアは固まった。

猫撫で声で続ける。

「君が一緒に来てくれるなら、俺の指示は取り消す。そうしたらあの人も君に優しく接するはずさ。だから俺たちと行こうよ」

その言葉に、シンシアは声を荒らげた。

「私を口説《くど》いているつもり？　ふざけないで！　全ての元凶《げんきょう》であるあなたと一緒に行くわけがないじゃない！」

父の仇《かたき》からの誘い……シンシアからすれば、当然の回答だ。

しかし、ゾグラは意外そうに目を瞬かせた。

「口説く？　俺が元凶？」

驚いたように呟いて、思案するような表情を見せる。

やがて何かを理解したらしく「そういうことか」とこぼした。

そしてシンシアに失望した眼差しを向ける。

「俺は、君がちゃんとした真実に辿り着いたと思ってたんだ。そのうえで刃を向けるなら受けてもよかったんだけど……全然なんにもわかってなかったんだね。期待した俺が馬鹿だったよ……起きろ」

低い声で告げられたその言葉を合図に、意識を失っていたはずのノモッコが起き上がる。

それに気を取られたシンシアを、ゾグラは躊躇《ちゅうちょ》なく蹴り飛ばした。

「薬で眠らせても、死霊魔術には関係ないんだよ。俺の指示一つで、鼓動の速ささえ変えられるんだから」

死者の体を生者と変わらぬように、心臓を動かして血を巡《めぐ》らせ、食事も消化も排泄《はいせつ》も行わせることができるのが、死霊魔術の恐ろしさだ。

意識がなかろうが、首がなかろうが、その体を自由に操ることができる。

「もういいや。俺はそろそろ行くから」

ゾグラは興味を失ったかのように、地面に転がったシンシアに背を向けた。

「待ちなさい！」

シンシアが悲痛な声を上げ、立ち上がろうとする。

「リカント、出ろ」

指示を受けて、黒い豹《ひょう》の獣人が物陰から現れた。

彼はベマルドーンの冒険者で、本来聖武大会に出るはずだった本物のリカントだ。今はゾグラの傀儡《かいらい》となっている。

彼に任せて去ろうとするゾグラ。

「お父様を解放して！」

涙声で言う彼女にゾグラは呆《あき》れたように言葉を投げる。

「ねぇ、この人の誇りを守りたいなら、どうして肉体を滅ぼさなかったの？」

その問いにシンシアは即答できなかった。

「父親より、王国のみんなの方が大事だったからだよね？　君は、瘴魔石を作り世界を混沌とさせたい俺たち組織の存在にすぐ気付き、その危険性をしっかり認識していた。組織の尻尾を掴めないまま父親を殺したら、俺たちが行方をくらませてしまう可能性があった。だから君は父親を餌《えさ》にしたんだ」

「やめて！」

シンシアは、その推察を否定できなかった。

自分が手を下しても、魂は救われない可能性がある……そんな理由を付けて、ゾグラが動き出すのを待っていたのは事実だ。

「ねぇ、どうしてそんなに欲張りなんだい？　君はなんでも持っているのに。まるで自分は何も持っていないみたいな顔をして」

ゾグラはさらに続ける。

「ほら、今だってちゃんと君を迎えに来てくれたよ」

彼が指差す先……三匹の狼《おおかみ》が風の道を駆けてくる。

マサムネとギンジたちに乗った、リナとヒューゴだ。

「君が到着するしばらく前に、あの『空駆《そらか》ける朱槍《しゅやり》』の最期の記憶が飛んできた。ライルだっけ。結局彼がマルガネスの隷属の鎖を断ち切ったんだね」

その呟きを聞いて、シンシアは密かに胸を撫で下ろした。ライルはきちんと【オーバーノヴァ】を止めたのだ。

それをゾグラは見逃さない。

「ほらね、君はまた安心した」

そこで一度言葉を区切ると、さらに口を開く。

「いいじゃないか。なんでも持っているんだから、お父さんくらい俺にくれたって」

そう言うと、ゾグラは隣に立つ無表情なノモッコの袖《そで》を掴む。まるで、子どものように。

「あなた……何を言っているの？」

シンシアの問いにゾグラはニッコリと笑い、「時間切れだ」と宣告した。

その言葉通り、「大丈夫？」とシンシアを心配しながら、リナたちが降り立った。

「リカント、【瘴魔化】しろ！」

ゾグラの指示で、リカントが瘴魔石を噛《か》み砕《くだ》いた。

瘴気の煙が体を包み込む。

あっという間に【瘴魔化】したリカント……しかし、その風貌は大きく変わっていない。

ただ目が血走り、半開きの口からは紫色《むらさきいろ》の液体が垂れていた。

「追いかけてきたら、この人も【瘴魔化】するからね」

シンシアを脅すと、ゾグラはノモッコと共に馬に跨《また》がる。

ゾグラが手を叩くと、どこからともなく狼のアンデッド——スケルトンウルフが複数現れ、シンシアたちの行く手を阻んだ。

【完全人化】したマサムネが、告げる。

「もうお前の魂の匂いは覚えた。どこへ逃げても必ず見つけるぞ」

しかし、ゾグラは余裕そうな笑みを崩さない。

「もうすぐ月が昇《のぼ》るね。本当は昨日、器が完成した時点で、俺たちの勝利は確定していたんだよ」

「器？　なんの話だ？」

「じきにわかるよ」

ヒューゴの質問をはぐらかし、ゾグラは去っていく。

「お父様！」

思わず叫び、後を追いかけようとしたシンシアにリカントが切りかかろうとする。

「【ファイアアロー】！」

リカントを牽制《けんせい》するために、リナが炎の矢を放った。

だが、「ダメ！」と言ったシンシアが、魔道具の杖を振るってしまう。

リナの魔法に弱化の術式を付与したのだ。

【ファイアアロー】はリカントの頬をかすめただけ。

切りかかってきた彼の刃は、駆けつけたヒューゴが辛うじて剣で受け止め、押し返した。

「お前、何してんだよ！」

ヒューゴが怒鳴った。

シンシアはリナ、ヒューゴ、そして銀狼たちの顔を確認して眉を寄せる。最後に自分の頬が切れていることを確かめた彼女は、自らの傷を指差した。

「リカントのユニークスキル【揃《そろ》い傷《きず》】。自分の受けたダメージを敵にも与えるの」

ヒューゴたちが周囲の仲間を見渡す。

シンシアの言う通り、それぞれの頬にリカントと同じ傷ができていた。

再び間合いを詰めてきたリカントの攻撃を受け流しながら、ヒューゴは尋ねる。

「敵を攻撃したら全員が怪我をするって、分が悪すぎるだろう。シンシア、対策はわかるか?」

「本来なら対象の一人に傷を反射させるスキルだったはず。でも【瘴魔化】の影響なのか、対象が広がっているみたいね。新たに何か条件でもできたのかしら」

「もし彼が自分で自分を刺したら、こっちも傷を受けるのか?」

「大丈夫なはず。自傷《じしょう》は【揃い傷】の対象にならないから。そこはヒューゴも安心していいわ」

とはいえ、【瘴魔化】によって効果が変わっていないとも限らない。

ヒューゴが首に手を当てる。

「誰かさんのユニークスキルがあれば、勝手に傷を引き受けてくれるから楽なんだがな。いたらいたでうるさいが、いなかったらいなかったで腹が立つぜ」

「本当ね。あれがいればいいのに……」

この場にいない『瞬刻の刃』の最後の一人を思い出し、リナが軽口を叩いた。

シンシアは胸を軋《きし》ませる罪悪感に、気付かないふりをする。

昨年の事件で、ジーノは瘴魔石を作る組織の構成員によって殺された。シンシアがそれを知った時にはすでに遅く、計画は終わっていた。せめて体だけでも家族へ返そうと、父のもとに届く前にそれを奪って隠していたのだ。だが、ライルの強大な力を見て、考えを改めた。

彼であればジーノの肉体を利用されても、安全に取り返してくれるはず……その可能性に賭けて、シンシアは隠していた肉体を返し、計画に利用することをノモッコに提案した。

そして、ゾグラと接触する機会を作ったのだ。


シンシアたちがリカントの相手をする一方で、スケルトンウルフは銀狼三匹が相手をしていた。

その様子を横目に、ヒューゴはリカントの攻撃を剣で受けつつ、何か策がないか考える。

リカントが剣を下げ、後ろに退《ひ》いた。剣の切っ先を地面に触れさせると、下から上に向かって半円を描く。

なんらかのスキルを使ったのか……瘴気を固めたような三日月状の斬撃《ざんげき》が、ヒューゴに向かって放たれた。

隣にいたリナが咄嗟《とっさ》に反応し、風魔法の【ウィンドカッター】を放つ。

シンシアは瘴気の斬撃に当たったら弾けて消えるように【ウィンドカッター】へ術式を付与した。

【揃い傷】への対抗策がまだない以上、風の刃で背後のリカントを傷つけるわけにはいかないのだ。

瘴気の斬撃の軌道《きどう》がずれ、【ウィンドカッター】が弾ける。

しかし、【ウィンドカッター】の余波が、周囲の石を巻き上げてリカントに当たってしまった。

【揃い傷】によって、みんなの体にも傷がつく……はずだった。

ところが、仲間の中で一人だけ傷を負わなかった者がいた。

リカントから最も離れた位置でスケルトンウルフと戦っていた、ロウガだ。

それを見て、シンシアの脳裏にある仮説が浮かぶ。

彼女はロウガと同じ位置まで退くと、リナに呼びかけた。

「リナ、こっちに来て！　そしてもう一度【ウィンドカッター】を放ってほしいの。力と軌道の調節は、私がサポートするから」

すぐに意図を察したリナが、迅速《じんそく》に後ろへ下がる。

そして【ウィンドカッター】を撃った。シンシアが魔法を調整し、リカントの左肩をわざとかすめさせる。

仲間たちが傷を負うが……リナとロウガは怪我をしない。

【揃い傷】には、有効範囲があるのだ。

「ロウガ、ギンジ、マサムネ、スケルトンウルフは後回しでいい！　俺たちを乗せて、敵から離れてくれ！」

ヒューゴの頼みで、銀狼たちは身を翻《ひるがえ》した。ヒューゴはロウガに、リナはギンジに、シンシアはマサムネにそれぞれ乗って、リカントからあっという間に距離を取る。

追いかけようとしてくるスケルトンウルフは、リナとシンシアが魔法を使って妨害《ぼうがい》した。

【揃い傷】範囲外までしっかり離れると、ヒューゴはマジックバッグから太い槍を取り出す。

ロウガの背に立ち、遠くのリカントに狙いを定める。

そして槍を投擲《とうてき》するために振りかぶった。

不意にシンシアが呟く。

「来てくれてありがとう、みんな。本当に嬉しかった」

笑みを浮かべたシンシアに、リナはどこか違和感を覚える。

思考を巡らせ……すぐに気が付いた。

最後の【ウィンドカッター】。

あの時シンシアも後ろに下がっていたはずだ。

にもかかわらず、彼女の左肩には傷があった。

リナはある可能性に思い至る。

もし【瘴魔化】する前から、対象の一人には距離の条件がないのだとしたら……

離れた位置にいたにもかかわらず傷を負ったシンシアは……範囲外に出ても、最初の対象として【揃い傷】の影響を受けてしまう。

シンシアはそのことに気付いていた。

しかし、リカントを倒すために黙っていたのだ。

リナがヒューゴを止めようとするも、ほんの数秒遅かった。

全力で投擲された槍が、まっすぐにリカントへ飛んでいく。

青ざめたリナに微笑みかけて、自らの最期を悟ったシンシアは目を瞑《つむ》る。

自分を背負うマサムネの毛並みを撫で、独り言を言う。

「ジーノ、助けられなくてごめんなさい」

そう呟いた瞬間、なぜかマサムネのモフモフした毛並みの感触が消え、誰かに抱きしめられているような奇妙な心地になった。

シンシアは衝撃に備えて、体を縮める。

ところが、数秒経っても痛みを感じない。

（まさか、ヒューゴが狙いを外したというの⁉）

慌てて目を開けて前方を見る。

リカントの胸は確かに槍によって貫かれていた……しかし、シンシアには傷が返ってきていないのだ。

首を傾げた彼女は、さらにおかしいことに気が付く。

いつの間にか、マサムネがいなくなっている。

シンシアを抱えているのは……純白の鎧を纏った首なしの騎士だ。

「どういうことなの……？」

シンシアの疑問に、腑抜《ふぬ》けた声が答える。

「俺の力、忘れたのー？」

シンシアが振り返った先で、ジーノの首が浮いていた。

「ジーノ⁉　……どうして顔が……それにこの白い鎧……」

状況が理解できず、シンシアはただ見えたものを口にする。

「あっ、もしかしてあの黒騎士の鎧の色が変わったと思った？　違う違う！　今、胴体が着ているのは王家の秘宝で……俺、殺されたけどこの鎧に魂が移ってさ、魔物になったんだ。今はライルの従魔なんだよ。それでね、ついさっき体が戻って……ほら、鎧をよく見て！」

白い鎧から血が滴《したた》り落ちて、地面を濡らしている。

「シンシアの傷、俺が肩代わりしたんだ。こう……胸のあたりをブスッとね」

ジーノのユニークスキル【痛《いた》シハ愛《いと》シ】。

このスキルには、仲間のダメージを引き受ける力がある。

「秘宝の力ですぐに治癒《ちゆ》しちゃったけど、久々に痛みを感じられてよかったなー。シンシアのおかげだよ、ありがとね……って、なんで泣いてんの？」

涙を流すシンシアを見て、ジーノが慌て出す。

「もしかして久しぶりにスキルを使ったから、傷をしっかり肩代わりできなかったとか？　どこか痛いの？　ちょっと、リナ、どうしたらいい？」

その様子に、銀狼の背を降りたリナが呆れる。

「死んだと思っていた仲間にまた会えた喜び……そういう情緒《じょうちょ》を理解できる日は、あなたに来ないでしょうね。というか、あなたはどうやってここまで来たのよ。ライルの【亜空間】にいるんじゃなかったの？」

「従魔術の力だよー。ライルね、最近、自分の近くにいる従魔と遠くの従魔を入れ替える魔法を開発したんだって。俺はマサムネと入れ替わって手伝いに来たんだ」

ライルはその魔法を【チェンジ】と名付けた。

「来られるなら早く来いよ」

「体が馴染《なじ》むまでに少し時間がかかったんだよ。俺、胴体を取り返したことで、リビングアーマーからデュラハンに進化したんだ！　そのおかげでスキルがちゃんと発動できたんだから。リビングアーマーのままだったら、顔に受けたダメージしか肩代わりできないでしょ？」

「お前……！」

まるで子どもに教えるような口調で説明するジーノに、ヒューゴは青筋を立てた。

その時、リカントの胸に刺さっていたヒューゴの槍が飛んできた。

『危ないっす！』

そう叫んだギンジが、影狼《かげろう》を生み出すユニークスキル【月影写《つきかげうつ》し】を発動する。

槍を弾いたものの、右足を抉《えぐ》られた影狼はギンジの影に戻っていった。

「どういうこと？　ヒューゴ、倒すのに失敗しちゃったの？」

「しっかり槍を当てたのはお前だってわかってるだろ！　【瘴魔化】しているからしぶといんだ。首を切り落とすか、動けないように切り刻んじまったほうが早いな」

「だったら俺に任せて！　ギンジ、頼んだよ！」

ジーノはギンジの背に乗ると、そのままリカントに向かって駆け出した。

あっという間に相手に詰め寄ると、切りつける。

「やっぱり体があった方が動きやすいね！」

「死ぬ前より動きが洗練されているんじゃないか？」

楽しげなジーノに、ヒューゴが答えた。

リナとシンシア、ロウガと共に後から追いつき、スケルトンウルフを相手にする。

「ははは、中身が入ったのに体が軽いよ！」

ジーノが笑いながら、リカントの体を切り裂く。

そのたびに【揃い傷】で自分にもダメージがあるのだが……全く気にしていないのが、彼の恐ろしいところだ。

かくして『瞬刻の刃』は仲間を救い出し、銀狼たちと共に、リカントとスケルトンウルフを撃破したのだった。

第二章　いつかの忘れ形見《がたみ》

王城の中心に位置する塔の最上階。

普段は強力な結界が張られているそのフロアに、私——シャルロッテはいた。

聖武大会の会場から避難し、私たち王家の者が王城に戻ってからどのくらい経っただろう。

窓から見える王都の町並みは、夕日に照らされ、すっかり橙色《だいだいいろ》になっている。

おじい様は臣下のみんなに指示を出すと、私と両親、おばあ様を連れてここにやって来た。

ルイおじ様に、護衛である騎士団長のオーウェンも一緒だ。

私は聖武大会でシオウに勝ち、優勝することができた。聖武大会の賭けの報酬として、おじい様から王家の機密情報を教えてもらったのが昨夜のことだ。

世界中で瘴気の封印が解けようとしていること、そして封印の地の現状、王家が代々語り継いできた第三の妖精族、エンジェルについて……本当に初めて聞く話ばかりだった。

おまけにエンジェルから賜《たまわ》った秘宝に、死んだはずのジーノおじ様の魂が宿り、魔物になっていると知らされたのだ。

私はすっかり驚き疲れてしまっていて、なんだか冷静に聞けた。

そして一番聞きたかったこと……私の大切な人、ライルが聖獣様の主人であることを知った。

聖獣様であるアモンが背負うもの、そして自分の役目を教わった時……私は覚悟を決めたのだ。

「このタイミングで、ベマルドーンが事件を起こすなんて……何かの罠《わな》としか思えない。シャルロッテを器にするのは中止するべきだ」

お父様が進言するが、おじい様は首を振った。

「それでも行うしかない。それが初代国王がエンジェルの始祖《しそ》と交わした絶対の契約なのだ」

私の肩に置かれた、お母様の手が震えた。


光の始祖が魂、宝剣に眠る。

器となり得る乙女の前に、審判者《しんぱんしゃ》が現る。

審判者と一つになりて、妖精《ようせい》のドレスを纏うことあらば、器の適格者たる証《あかし》。

風の年、碧《あお》き満月が出《い》ずる時、宝剣の前に乙女を差し出すべし。

乙女に覚悟あらば、始祖と一つになりて、世界を救う光とならん。

おじい様から教わった、エンジェルの始祖様との契約……

それはつまり、バーシーヌ王家に、エンジェルの依《よ》り代《しろ》となる子が生まれてくるという予言に他ならなかった。

実はライルが聖獣の主人だと判明した頃から、みんなは私が器になるのではないかという漠然《ばくぜん》とした不安を抱えていたらしい。

その予感は研鑽《けんさん》を重ね、成長していく私を見て、次第に確信に変わっていったそうだ。

ライルがすごすぎて自覚はなかったのだけれど、私もすでに普通の子どもでは考えられないくらい強くなっていたのだ。

今思えば、学園に入学したばかりの頃、アサギとシオウがドラゴンであることをおじい様たちが教えてくれたのは、私が強くなるのを止めたかったからだろう。

ドラゴンがライバルなら、研鑽をやめると思ったのかもしれない。

だけど私は諦めなかった。

それどころか、さらに鍛錬に励《はげ》んだ。

だって私は、ライルが辛《つら》い時に隣に立てるくらい強くなりたかったから。

ここ数年で相次いだ、瘴魔石を巡る騒動や各地の瘴気封印の地の現状……時代の節目が来ているとしか思えないような事件の数々は、器の覚醒《かくせい》を予期するには十分だったそうだ。

ほんの一、二週間ほど前の話だ。

「打倒、シオウ」を目標に、聖武大会に向けて特訓していた私は、従魔のピクシー、ララの力を借り、相手の魔力を自分のものにする技を編み出した。

その様子をレグルスから報告されたおじい様は、ララが審判者であると気付き、私が器の適格者になりつつあることを確信した。

だからおじい様は私に賭けを持ちかけた。

おじい様の要求は、私が負けたら、成人王族になる準備のため、二年間近隣諸国へ見識を広めに行くこと。

シオウとの戦いこそが、国王として器の実力を図る裁定であり、祖父として孫を器にさせないための最後の希望だったのだ。


「ロッテ、本当にいいんだね?」

お父様が私をまっすぐ見て、最後の確認をする。

私はゆっくりと頷いた。

「ええ。ライルと一緒に戦う覚悟はできているもの。たとえ、私が私でなくなるとしても」

そしてフロアの中央にある祭壇《さいだん》に向かって歩き出す。

肩から手が離れる瞬間、お母様が何か言葉を呑み込んだのがわかった。

器になるとどうなるのか、王家には伝わっていない。

だからみんな不安なのだ。

できればライルやアサギ、シオウ、そしてクラスのみんなに会いたかったけど……こんな状況じゃ叶わなかった。

それから、私の大切な相棒であるララにも会いたかったな。

一緒におじい様の話を聞いた後、彼女はどこかに飛んでいってしまった。

それから【念話】にも【召喚】にも応えてくれないのだ。

ついに祭壇の前に辿り着いた。

そこには美しい宝剣が置かれている。

白銀の柄《つか》に、薄氷《はくひょう》のように透き通った青い刃が付いた剣だ。

畏《おそ》れさえ感じるようなその神々しさに、私は息を呑む。

この剣こそが、光の妖精族の始祖の魂が眠る、ガブリエルの宝剣だ。

私は始祖様の訪れを待つ。


やがて、その時が訪れた。

地平線に太陽が沈んでいき、空に浮かんだ満月がよりくっきりと形を見せる。

ガブリエルの宝剣から光の粒子が出てきて、徐々に人の形へ変わっていった。

ホワイトブロンドのストレートヘア、切れ長の瞳の奥には碧い瞳が光り、白磁《はくじ》のような肌をしたとても美しい女の子だ。

背丈は私と変わらないくらいで、どこかあどけない雰囲気があった。

だけどこちらを見て微笑んだ顔は、淑女《しゅくじょ》のようにたおやかだ。

圧倒されながら、私は恐る恐る口を開く。

「あなたがエンジェルの始祖……ガブリエル様？」

「ええ。あなたが器になる乙女ね」

その質問に答えようとした瞬間、どこからともなく猛《もう》スピードでララが飛んできた。

そして私を背にかばい、ガブリエル様の前に立ちはだかる。

それを見て、ガブリエル様は申し訳なさそうな顔をした。

「あなたは怒って当然ね。自らが審判者だなんて、自覚してなかったんですから」

そう。ララは「強くなりたい」という私の願いに応えようと、一緒に鍛錬してくれていただけなのだ。

だから、おじい様の話を聞いた時、彼女は大きなショックを受けてしまった。

私はララを抱き寄せる。

「大丈夫よ、ララ。私が決めたからいいの。心配してくれてありがとう」

「離れるのは嫌だ」と言わんばかりに、涙を浮かべたララが首を横に振った。

その気持ちだけで、私には十分だ。

「器になったら娘は……シャルロッテはどうなるのですか？」

お父様にそう聞かれて、ガブリエル様がそちらを向く。

「彼女の意識はいったん眠りにつくけれど、やがて目覚める。そして私たちの心は一つになるの」

再びこちらを見たガブリエル様が、私の頭を撫でて続けた。

「怖いわよね。誰かと一つになるなんて……私も本当はちょっぴり怖いわ」

「ガブリエル様も?」

「もちろん。だけどもうやらなくちゃいけない。きっと彼女も限界だから」

彼女って誰だろう……

ガブリエル様が窓の外の景色に目を向けた。

「私があなたに受肉するのは、日が完全に落ちて薄明《はくめい》さえも消えるタイミング……あそこの天窓に碧月《へきげつ》が来る頃ね。それまで少しお話ししましょう。この世界の始まりと、私とあなたの使命について」

そう前置きをして、彼女は今よりずっと昔……古代神話の時代を語り出した。

◆

創生の三神の長男が作った世界。それが人界。

神と同じ姿をした人間たちが暮らす世界で、光の使徒として生み出されたのが、私——ガブリエルだった。

ちょうど同じ頃、私の対になる存在として闇《やみ》の使徒、ルキフェルが生まれた。言わば、弟のようなものね。

私には怪我や病気を治す力、弟には怒りや悲しみを鎮《しず》める力があった。

その力で人々を癒やしてあげるのが、私たちの仕事。

だけどあまり頼られては、人だけで生きられなくなる。

だから人前には姿を現さず、必要と判断した時だけ、こっそり彼らを手伝っていた。

人々はいつしか、私たちのことを「妖精さん」なんて呼ぶようになったの。

私たちには、もう一つの大切な仕事があった。

それが世界樹を世話することよ。

今の世界は、三柱の兄弟神が作った三つの世界が融合して一つになったものだとは知っているかしら。

完璧主義の長男が人界を作り、次男が精霊界を、末っ子が魔界を作ったわ。

古代神話の時代において、世界は三層になっていたの。

世界樹はその三世界を貫く大樹だった。

下層の魔界に根があって、精霊界が中間層、人界は上層で……世界樹のおかげで三層構造は成り立っていたわ。人界には世界樹の枝葉がただの木のように茂っている場所がいくつかあって、そこに私と弟で水をあげていたの。

枝葉は私が水をあげたり、話をしたり、歌ったりすると相槌《あいづち》を打つように揺れたわ。

揺れるだけだから、独り言とほとんど変わらないのだけど……忙しくて弟となかなか会えず、人間と話すわけにもいかない私にとって、世界樹は唯一の話し相手だった。


だけどある日、その状況に嬉しい変化があった。

いつものように枝葉のところへ行くと、「おはよう」って挨拶されたの。

私は人間に見つかったと思って急いで隠れたわ。

でもね、人なんてどこにもいないの。

念のためしばらく隠れた後、私は世界樹に水をあげたわ。

そうしたら、今度は「いつもありがとう」って声が聞こえてきた。

「もしかしてあなたがお話ししているの？」

「そうだよ。上手くいって嬉しい！」

私が問いかけると、世界樹は声を弾ませて答えたわ。

聞けば、世界樹は風を操って声を出していたの。

魔界や精霊界のコミュニケーション方法を真似したんだって。


その日から私のお喋りは一方通行じゃなくなったわ。

変化はそれだけじゃない。魔界や精霊界の話……遠くのことを、世界樹は教えてくれた。

しばらくすると、私以外にも世界樹と会話をしている人がいることに気が付いたの。

世界樹に言伝《ことづて》を頼むことで、私たちは交流するようになった。

人界で働く私と弟のルキフェル、精霊界を見守るガイアス、そして魔界にいるカムラ……

直接話すことはできなくとも、私たちは友達だった。

でも、それが世界の崩壊《ほうかい》に繋がっているとは夢にも思わなかった。


最初に異変が起きたのは、四つの元素のみで作られた精霊たちが暮らす精霊界。

そこに四元素以外の精霊が突然生まれ始めたの。わかりやすく言うなら、雷《かみなり》や氷といった特殊な属性ね。

このことで、四元素によるエネルギーの循環が乱れてしまったわ。

合理性を失った自分の世界を嘆いた次男は、精霊界を放棄した。


次に異変が起きたのは、根っこにある魔界。弱肉強食の理《ことわり》に基づいて、魔物たちが暮らす世界ね。

いつの間にかどんどん魔力がなくなっていったの。

魔物たちにとって魔力こそが成長をもたらし、強さを支えるものだった。それが失われれば当然弱くなっていく。

弱りゆく自分の世界を嘆き、三男は魔界を放棄した。

世界樹を通して、精霊界と魔界の状況を知った私とルキフェルは、人界の神様……兄弟神の長男に報告した。

彼は弟たちが世界を放棄した事実を知り、その異変を詳しく調べたわ。そして、原因が世界樹にあることを突き止めた。

世界樹は、根から吸った魔界のエネルギー――魔力を、上層の二つの世界に送ってしまっていたの。

精霊界に四元素以外の精霊が生まれたのは、これが原因だった。

当然、その影響は人界にも及んだわ。

人界のあちこちで生まれる人間……その人たちの中に、今までとは異なる姿、そして特性を持った存在が現れ始めた。

ある森に暮らす者たちは、わずかな音でも聞き分けられる、鋭敏《えいびん》で尖《とが》った耳を持つようになった。

彼らは、自然のエネルギーを肌で感じることに長《た》けていったわ。

ある山に暮らす者たちは、たくさんのエネルギーを溜められるように体が大きくなり、力も強くなった。

あなたたちの言う、亜人族の誕生ね。

ただ人界からは今までの秩序《ちつじょ》が失われ、混乱に陥ってしまって……

そんな状況になっても、人界の神様は弟神のように自分の作った世界を放棄しなかった。

それどころか弟たちが捨てた世界までも救おうと、独自に動き始めたの。

まず魔界。混乱の中をたくましく生き抜いて、自らの力で神にも等しい能力を手に入れた存在がいた。

それが、魔王カムラ……ええ、私たちの友人であるカムラよ。

これはあとで知ったことなのだけれど、カムラはリッチと呼ばれる魔物だったそうなの。

彼は輪廻転生《りんねてんせい》に干渉する能力を活かし、死者を配下にして魔物たちをまとめていたわ。

その力を見込んだ人界の神様は、輪廻に戻った魔物の魂を、人界に転生させる仕事をカムラに任せることにしたの。魔界と人界の輪廻システムを一つに統合してね……刻一刻と魔力が失われる魔界より、人界の方が魔力が豊富で生きやすいから。

これによって、今まで小動物しかいなかった人界に魔物が生まれるようになったわ。

でも、人は戦うことを前提に作られていない。魔力の影響で変異した一部の亜人族を除いては、まだ魔力を扱うことすらままならないものが多かったわ。

神様は人と魔物を共存させるため、次の策を講《こう》じた。

唱えるだけで魔法を使える、特別な呪文を作ったの。一般的な魔法と異なるプロセスで発動する呪文をね。

人がその呪文を【詠唱】すれば、自らの魔力を消費せずとも、魔法を使えるのよ。

【詠唱】は人語を話せる存在であれば誰でもできるから、稀《まれ》に【人化】を習得した魔物が使うこともあったわ。

神様は精霊界とも協力関係を結んだわ。

呪文の作成に協力したのだって、のちに精霊王となる精霊、ガイアスだもの。

神様とガイアスは精霊界の基本である地水火風の四元素の法則を魔法にも当てはめ、人界に元々あった自然エネルギーとの親和性を高めた。

また魔力と一緒に人界に流れてしまった小精霊たちも、徐々に人界の環境に適応し、寄り集まって独自の精霊になっていった。


もちろん、神様や友達が頑張るのだもの。私とルキフェルだって、負けていられないわ。

私たちは眷属《けんぞく》を生み出した。

平和だった人界において怪我や争いが避けられなくなったから、私とルキフェルだけじゃ、とても対応できなくなってしまったの。

私の眷属がエンジェル、弟の眷属がデーモン。眷属たちには、私たち姉弟の力の一部を貸したわ。

まずは契約の力。

その頃、たとえば森を見守る一族に、労働への報酬として魔力を視覚的に捉えられる力を与える……といった感じで、世界を管理する役割を人間にもお願いするようになっていた。

私たちの眷属には、その手伝いを頼んだの。契約を通して、人に力を渡す仕事ね。

契約は時に一代限りの個人と、時に一族と交わされていった。

また、契約とは別で、力を物に付与する能力を与えたわ。

あなたたちが神具《しんぐ》と呼ぶ代物《しろもの》ね。

こうして人と精霊、魔物が共生する新世界ができた。

人も少しずつ魔力に適応し、魔法を扱える者が増えてきたの。

魔力の適性は生まれる土地によって偏《かたよ》りがあったけれど、それは精霊がカバーしてくれたわ。

新たな世界が安定したのを見届けた神様は、「弟たちを捜しに行く」と言って旅立った。


神様がいなくなってどれくらいの時が流れたかしら。

安定したはずの世界に崩壊の危機が訪れた。

その予兆がドラゴンの出現よ。

どこから来たのか調べていくと、やがて驚くべきことがわかった。

放棄された魔界……そこに残された世界樹の根が成長し、別の世界……夢の世界にまで届いてしまったの。

夢の世界とは、実体のない精神だけの世界のことよ。

生きとし生ける全ての者の心と繋がっているけれど、本来、こちらの世界とは決して交わることのない場所だった。

でも世界樹の根が届いてしまったことで、異常が生じてしまったのね。

ドラゴンは、夢の世界に漂《ただよ》う希望溢れるエネルギーが人界にて結実した存在だったのよ。

幸い、彼らは強大な身体能力と魔力操作の技量を持ちながら、理性的で無益な争いを好まない種族だった。

ドラゴンの発生自体は大きな混乱をもたらさなかったわ。

でも、夢の世界にあるのは希望のような正のエネルギーだけではなかったのよ。

人界にドラゴンが現れてからしばらくすると、恨《うら》みや妬《ねた》みといった負のエネルギーもこの世界に流れてきた。

世界樹がすぐに異変に気付いて、よくないエネルギーを樹木の中に留めて、人界に霧散しないようにしてくれたわ。

だけど……ダメだった。

負のエネルギーは人界で形を成し、世界樹に邪悪《じゃあく》な果実を実らせた。

それに私の弟……ルキフェルが魅入《みい》られてしまったの。

私や世界樹が「近づいたらいけない」と厳しく言ったけど、手遅れだったわ。

ルキフェルは果実の甘美な香りに誘われ、それを口にしてしまった。

……彼があの果実を食べた瞬間のことは、今でも覚えているわ。

ルキフェルの周囲を、瞬く間に負のエネルギー——瘴気が覆った……そして、それきり弟は消えてしまった。

光と闇は表裏一体の存在。ルキフェルがいなくなったことで私の力はとても弱まり、眷属と共に、事態の収拾を図る前に眠ってしまった。

私とエンジェルが目を覚ましたのは、英雄と呼ばれる者が、自らの命と引き換えに瘴気を封印したあとのこと。

エンジェルたちは無事とは言い難かったわ。瘴気に呑まれたり、瘴魔に殺されたりして、命を落としたものも多くいた。

デーモンもほぼ滅んでしまったようね。生みの親であるルキフェルには、人の悪感情を鎮める力があったわ。その分、眷属である彼らも周囲の感情に感化されやすかったのでしょう。多くが瘴魔になっていた。

ただ一体だけ、瘴気に侵されたものの、英雄によって魂を救われた存在がいたの。そのデーモンは進化し、第三の妖精――ヴァンパイアの始祖になった。今は、リグラスクと名乗っているそうね。

彼が生き残ったからこそ、私とエンジェルは目を覚ますことができたんだわ。

私は大事な時に何もできなかったのにね。

瘴気の封印がいつまで持つのかは未知数だったから、いずれ来るであろう封印崩壊の危機に備える必要があった。

カムラやガイアスに相談できればよかったのだけれど……彼らは魔界と精霊界からこちらを守っているみたいで、私には連絡が取れなかった。

世界樹は瘴気と共に封印されてしまっていて、かつてのように言伝を届けてもらえなかったの。

だから一人で覚悟を決めた。

次に世界が滅びそうになる時は、私がこの因果を断ち切るってね。

とはいえ、対になる存在であるルキフェルの存在がないから、私はかなり弱体化していた。

生き残ったデーモンのおかげで目覚めただけで、いつまた眠りについてしまってもおかしくない状況だったの。

そこで私は、いっそのこと、来《きた》るべきその日まで眠りについて力の回復に専念しようと考えた。

肉体を捨て、自ら神具となる決意をしたのよ。

生き残ったウリエルたちも、私と運命を共にすると言ってくれた。

そして、私たちは人間——器となる乙女、あなたの先祖と契約したの。

契約相手に彼らを選んだのには理由があるわ。

それは、光から生まれた新たな属性、聖属性の資質が高かったこと。

正直、資質だけで見るなら、世界樹のそばに住んでいた耳長族《みみながぞく》——エルフの方が長けていた。

ただ、私は人界に生まれた光の使徒。亜人族より、ただのヒューマンの方が器の適格者が生まれる可能性が高いという確信めいた予感があったわ。

私の願いは、神具と化したウリエルの力で瘴気封印の地を見守り、いつか一族に器になれる者が現れたら、協力してもらうこと。

その対価として、この地に光の加護を授け、強い守護の力をもつザラキエルとラファエルの力を人が使うことを許した。

この選択がいつか世界を救うと信じて、私たちは神具にその身を変えて、再び眠りについた。

そして今日……運命の日がやって来たの。

◆

ガブリエル様の話が終わった。

私──シャルロッテにとってはあまりにも途方もない話で、なんだかクラクラしてしまいそうだ。

おじい様が尋ねる。

「では、ウリエルの瞳をはじめとした他の秘宝は、妖精であるエンジェルそのものなのですか？」

「ええ。とはいえ彼らは私の眷属。器を用意して受肉するなんてこと、光の使徒の私以外にはとてもできないでしょうね。私さえ数千、数万年近く眠ってようやく……」

ガブリエル様によれば、月は妖精族の力を強く引き出すらしい。

特に、風の年の碧月は地上から一番大きく見えると言われている。

こうしている今、適格者になった私の魔力が審判者のララを通して、ガブリエル様に流れ込んでいるそうだ。

これだけの条件を揃え、やっと彼女は顕現《けんげん》しているとのことだった。

「言い伝えには『覚悟あらば』とありました。過去に適格者でありながら、あなたの申し出を拒んだ者がいたのですか？」

震える声で、お母様が尋ねた。

断ることができるのであれば……という祈《いの》りに似た感情が、声ににじんでいる。

ガブリエル様が目を伏せて、答える。

「過去の器の候補者について、私は正確に把握できていないの。少しずつ力を取り戻してきたけれど、そのほとんどが眠った状態だったから。ただ、まどろみの中にいた私にとって、あなたの娘――シャルロッテは、ひときわ輝く存在だったわ。私は回復しつつある力を使って、ララを生み出し、あなたのところへ行かせた」

私と一つになるには、ガブリエル様も力を取り戻す必要があったということかな。

「ララが現れたのは、ガブリエル様の力が戻った証だったんですね？」

胸元に小さな手でギュッと掴まるララを抱きしめたまま聞くと、彼女は頷いた。

「この国の王家とした契約は『瘴気封印の地を見守ること』と『器たる乙女が現れたら、私に協力してもらうこと』。あなたたちには断りようがない……と言いたいところだけど、私にはララに審判者であることを教えずに送り出した失態があるわ。友を騙す形になったこの子への償《つぐな》いとして、シャルロッテの意思を聞いてあげましょう」

それを聞いて、お母様が私を見つめた。

決断する前に、どうしても聞いておかないといけないことがある。

「ガブリエル様は私と一つになって、何をするつもりなのですか？」

そう、どうやって瘴気を解決するつもりなのか聞いていないのだ。

私にはそれがなにより重要だった。

「世界が瘴気に侵されるようになったのは、夢の世界と繋がって負のエネルギーが流れ込んできたからよ。だから私の力で世界樹を切り倒し、人界と他の世界を分断する」

「……そんなことをしてよいのですか？　世界樹を切ったら、魔界や精霊界まで巻き込んでしまうと思います。この世界に生きる魔物や精霊たちにも影響があるのでは？」

自分の想像を遥かに超えるスケールの話にわずかに声が震えそうになる。

「すでに人界にいる魔物はこちらの輪廻に組み込まれているから心配いらないわ。ただエネルギーがほぼ枯渇している世界とはいえ、彼らには先祖の故郷を捨ててもらうことになるでしょう。精霊たちについても、故郷に帰れなくなるという点では同様ね。ガイアス……精霊王のいる精霊界との道は、これで閉ざされるのだから」

「それじゃあ、ライルが悲しみます……」

ライルは魔物や精霊と誰よりも深く繋がっている。

彼を悲しませるのは嫌だ。

ガブリエル様が怪訝そうな顔をする。ライルのことを知らないのだろう。

首を傾げているので、お父様が端的にライルの素性、そして彼の相棒である聖獣アモンについて説明した。

「聖獣……魔物であるならば、カムラの管轄《かんかつ》ね。元気そうで何よりだわ……多分、私とは異なるアプローチで世界を救おうとしているのでしょう。彼は魔界と精霊界を故郷とするものたちと仲がいいのね。人界以外を切り捨てる私のやり方に賛同はしてもらえないわね」

複雑そうに呟いた彼女を見て、ふと思うところがあった。

「ガブリエル様のお話では、世界樹は友達だったと伺いました。それに魔王と精霊王は一緒に新世界を支える仲間だったはずです。あなただって、本当は世界樹を切りたくないのでは？」

ガブリエル様の目がわずかに揺れた。

そして小さく息を吐いてから、私の問いに答える。

「私は所詮《しょせん》、神様に生み出された使徒だもの。万能じゃないわ。それどころかすっかり弱っていて、かなり回復した今でさえ、全盛期には到底及ばない。瘴気に世界が侵された時だって、私が眠っている間に全てが終わってた」

そっか。彼女は世界の危機に相対することさえできなかったんだ。

目が覚めたら世界は変わっていて、頼れる存在はみんないなくなっていた。

自分一人で頑張るしかなくなってしまったんだ。

「本当は願っていたわ。眠っている間に神様……人界を作ったあの心優しいお方が弟たちを連れて帰ってきて、世界樹を浄化して助けてくれないかなって。『全部私たちの取り越し苦労だったね』って、ウリエルたちと笑い合えたら、どれほど……だけどそれは叶わなかった」

だから彼女は人界だけでも守ることに決めた。

それが人界の神の使徒である彼女が選んだ道だった。

「それにね、まどろみの中で彼女——世界樹の悲鳴が聞こえた気がするの。瘴気と共に封印され、苦しむのはもう限界なんだと思う……だから私が楽にしてあげたい」

そしてガブリエル様が、私の瞳をまっすぐに見つめた。

「私の選択は一つの世界を救い、多数の世界を見捨てることよ。それでも私は人界を守る。だからお願い。あなたの力を貸して」

あぁ、ガブリエル様も私と同じなんだ。

無力なりに必死に足掻《あが》いて、大事なものを守りたいんだ。

そして今、彼女には、私には、それを成し遂《と》げるチャンスがある。

そう思えば一つになるのも平気な気がして、私は心を決めた。

彼女の手を取ろうとした、その時……

「やっぱり、その道を選んでしまうんだね」

私の決意を遮るように、背後から声が聞こえてきた。

思わず振り返った私は、驚きのあまり言葉を失う。

そこにいたのは、学園の先輩であり、私を含む学園の生徒の殺害を企《くわだ》てた少年……トーマスだった。

瘴魔石を作る組織に属していた彼は、昨年の事件で捕まった。どうしてここに？

傍らには白い虎《とら》の魔物、リンクもいる。

私たち王家の者をかばうように、オーウェンが前に出た。

「貴様、どうやってここに入ってきた⁉」

オーウェンの問いを無視して、トーマスは私だけを見つめる。

「本当にいいのかい？　妖精族の始祖と一つになれば力を得るが、それは君であって君ではなくなるということだ。お姫様ではいられなくなるんだよ？」

　確かに彼の言う通りなのかもしれない。

　もしかしたら人族ですらなくなるのかも。

　迷いを振り切って、私は前を向いた。

「いいえ、私は王族として民を守る義務があるわ。覚悟をしている」

「君が無理しなくても、ライルくん……王子様がなんとかしてくれるんじゃない？」

　トーマスはすごく癇《かん》に障《さわ》る言い方をする。

　彼には人の負の感情を増幅するスキルがあるそうだから、私を怒らせようとしているんだろう。

　それに肝心なことを彼はわかっていない。

「私は、王子様の助けを待つお姫様になんてなりたくない。隣で一緒に戦える強い人になりたいの！」

　トーマスが目を見開いた。

「じゃあ、君は妖精族の始祖と契約を結ぶんだね。その魂を受け入れて、対価として力を得ると……この契約内容で、本当に後悔しない？」

「ええ。しないわ」

「そうか。それは……僕も助かるよ」

　笑ったトーマスがこちらに向かって駆け出す。

　オーウェンが右手を前に突き出した。

「王家の守護こそが我が役儀《やくぎ》。私の前では何人《なんびと》たりとも、王家の方に危害を加えることは許さん。ラファエルの盾よ！」

オーウェンが叫ぶと、白銀の巨大な盾が出現した。

盾から白い光が生じて、トーマスへ降り注ぐ。

「ラファエルか。確か、彼には光を浴《あ》びせた相手を石にする力があったね」

「なぜそれを……いいえ、あなたはまさか！」

驚愕《きょうがく》するガブリエル様を見て、トーマスはニヤリと笑った。

そして眼鏡を外して、髪を掻き上げる。

そうしている間にも、ラファエルの盾の力でどんどん肌が石と化していくのに……余裕そうなのは一体どうして？

トーマスがついに石像になりかけた瞬間だった。

彼の体を覆う石片《せきへん》が弾け飛ぶ。

「残念だったね。その程度の光では、妖精族の始祖を拘束するには足りないよ」

そこに立っていたのは、トーマスであってトーマスではなかった。

瞳が赤く光り、頭からは二本の角が生えている。

「……どうして！」

ガブリエル様が震えながら、問う。

「残念だけど、時間切れだ」

そう言うと、トーマスは大きく跳躍《ちょうやく》した。

あっという間に祭壇に近づく。

そしてガブリエル様の背後をとると、彼女を羽交《はが》い締めにして私から引き離す。

「ガブリエル様！」

私は思わず右手を伸ばすけれど、あえなく空を切った。

「受肉を邪魔する気か！」

おじい様の怒声を聞いて、トーマスは半笑いを浮かべた。

「邪魔だなんて、とんでもない！　だって、君の孫は妖精族の始祖を受け入れ、その対価として力を得るんだから。そういう契約なんだよ？　僕とそちらのお姫様とのね」

トーマスが私を指差した。嫌な予感がして、後ずさる。

彼は天窓から覗く碧月を見上げた。

「闇にありながら、光り輝くもの。月は妖精族に力を与えるのさ」

天窓から降り注ぐ碧月の光に、ガブリエル様とトーマスが溶けていく。

トーマスが風魔法を使い、光の中に私を引きずり込んだ。

私の心に、自分ではない何か別の存在が入り込もうとする。

「ライル――――！」

恐怖に苛《さいな》まれ、私は想い人の名を叫んだ。

◆

死霊魔術士による隷属の鎖を断ち切った俺――ライルは、医療ギルドのギルマスであるアンジェラさんと共にマルガネスさんの目覚めを待っていた。

ジーノさんの死体と結び付けられていた彼の魂は、従魔であるパラサイトマッシュとの繋がりを辿り、肉体に戻った……はずである。

本日聖武大会が行われていたアリーナには俺とアモン、ノクス、アンジェラさんが残っている。『鋼鉄の牛車』とクオザさんはこの場を俺たちに任せ、周囲のパトロールに向かった。

夕日が沈む頃、死霊魔術士の痕跡を追っていったマサムネから『シンシアさんを見つけた』と【念話】を受けた。

どうやら死霊魔術士には逃げられてしまい、【揃い傷】というユニークスキルを持つ冒険者、リカントとスケルトンウルフを相手に戦闘中だそうだ。

俺は彼からの報告を受けて状況を推察した後、新たに開発した従魔術【チェンジ】を使って、ジーノさんを送り込んだ。

ジーノさんが持つ力なら、状況を打開できると思うけど……戦闘が佳境《かきょう》なのか、今のところ報告はない。

こちらに戻ってきたマサムネによれば、一度対面したことで死霊魔術士の魂はマーキングできたとのことだ。この情報は改めて王家のみんなや各ギルマスに届けないと。態勢を整えて早く捕まえたい。


俺が思考を巡らせていたら、ノクスが声を上げた。

「ライル、見て！」

振り返ると、英雄……マルガネスさんがゆっくりと目を開けていた。

弱々しい声で話し出す。

「せんちゃんたちは……」

「大丈夫です。ちゃんと元気ですよ」

俺は急いでマルガネスさんに駆け寄る。

そしてその震える手を掴み、彼の頭に導いた。

頭に生えた無数のパラサイトマッシュは、大好きな主人に撫でられて嬉しそうに体を揺らした。

俺とアンジェラさんが魔力を注いだことで、枯れかけていたパラサイトマッシュはひとまず回復している。

あとはマルガネスさんと一緒に安静にしていれば、大丈夫だ。

「かっこよく去ったつもりが、情けないわい……夢のようなパレードの余韻《よいん》に浸《ひた》って、死者の足音に気付けぬとは」

マルガネスさんは聖魔競技大会で俺たちと別れた後、三日目の学園生徒の出し物――パレードを観戦してから王都を出るつもりだったらしい。

その前に愛弟子《まなでし》の娘であるアンジェラさんに会おうと医療ギルドのそばに来たところで、何者かに襲われ、魂を利用されてしまったようだ。

あの部屋に倒れていたのは、せんちゃんたちがマルガネスさんの体を守ろうとしたからだった。

話を聞き終わる頃には、あたりはすっかり薄暗くなり、満月が昇っていた。

ギンジから【念話】が入る。

『ライル様、こっちは終わったっす！　みんな無事っすよ！　これから死霊魔術士を追跡してきます！』

リカントと戦っていた彼らの方も、片付いたみたい。ひとまずよかった……と思っていた時だった。

『ライルーーーーー！』

どこからともなく、ロッテの叫び声が聞こえてきた。

俺は驚いて周囲を見回すが、彼女の姿はない。

一体どこから声が？

「アモン！」

『ロッテのところへ、だね。わかってる！』

俺が呼ぶと、アモンは【縮小化】を解いて大きくなった。

「アンジェラさん、マルガネスさんを頼みます！」

「……何かあったんだな？　わかった」

アンジェラさんにこの場を任せ、俺はアモンに跨った。

アモンはロッテの叫びが聞こえていたようだけど……アンジェラさんには聞こえなかったみたいだった。

もしかして【念話】のように、限られた人にしか届いていないのかもしれない。

最後にロッテを見かけたのは、数時間前、聖武大会の最中に瘴魔が現れた時だ。あの時、彼女は王家の人たちと避難していたから……いるとしたら、王城か。

あっという間に上空に出たアモンは、王城を目指してトップスピードで駆け出す。

ふと俺は月を見上げた。

碧月から王城にある塔に向かって、緑光が降り注いでいる……

俺はアモンに頼んで、塔へ向かった。


塔の最上階には、国王夫妻と王太子夫妻がいた。ルイさんとオーウェンさんも一緒で、揃って立ち尽くしている。

彼らの視線の先を辿る。フロアの中央にある祭壇に、目を瞑ったロッテが立っていた。

【透徹の清光】で天窓を通り抜けたアモンと一緒に、俺は床に下りる。

「ロッテ！　何かあったの？」

俺が呼びかけると、彼女はゆっくりと目を開けた。

その瞳が、暗い赤色に輝く。

「トーマス？」

なぜここにはいない人物の名前が口をついたのか、自分でもわからない。

ロッテがニヤリと笑った。

「やっぱりすごいね、ライルくん……だけど、それは僕の本当の名前じゃないんだ」

ロッテの背中から白い羽……まるで天使の羽のような真っ白な翼が生えた。頭から黒い二本角が伸びる。

「旧世界において人界の闇を司《つかさど》りし妖精族、デーモンの始祖……ルキフェル。それが僕の本当の名さ」

名乗りを聞いて、呆然としていた国王が声を荒らげた。

「ロッテをどうした！」

「だから……妖精族の始祖、つまり僕の器になってもらったんだよ。ガブリエルが言ってたでしょ、彼女の意識は眠りにつくって。まぁ、今じゃそのガブリエルも僕の中で眠っているんだけどね。同格の存在が一つの器に入った場合、表に出てこられるのは意思が強い方だ。僕……弟を見ただけで動揺しているようじゃ、ダメだね」

ルキフェルとかガブリエルとか器とか……一体なんの話をしているのか、まるでわからない。

でも、俺がパニックになったらダメだ。小さく息を吐いて、口を開く。

「あなたたちの目的は、瘴気で世界を満たすことなんですよね？」

とにかく知っている情報を糸口に何か聞き出そうと、問いを投げかける。

「誰から聞いたの？」

「鹿人族のあなたの仲間……17番です」

正確には俺が彼から聞いたわけではない。「こんな世界なら瘴気で満たされた方がいいと思っていた」と昨夜独り言のように漏らしていたと、彼を保護した鹿人族の女性が教えてくれたのだ。

「生きていたんだ、彼。口を割るなんて……一体どうやって口説いたの？」

「さあ？　心境の変化があったんだと思いますが」

会話を続けながら、俺は様子を観察する。

推察するに、ロッテはトーマス……ルキフェルに体を乗っ取られたってところか。

解決の糸口を探るために、ルキフェルの目的を知りたかった。

「あなたはどうして瘴気で世界を満たしたいんですか？」

「別に瘴気とかどうでもいいんだよ。僕はただ彼女と……世界樹と一緒にいたいんだ」

「世界樹？」

俺が疑問を口にすると、ルキフェルは目を丸くした。

「君、カムラの使いだよね？　なのに事情すら聞かされてないなんて……魔王カムラの秘密主義にはほとほと呆れるね」

「カムラが……魔王？」

カムラは、俺をこの世界に生まれ変わらせた転生神だ。一体どういうことだ……？

ルキフェルが面倒そうに手を払った。

「まあいいや……その辺のことは……」

言葉を止めたルキフェルは、国王たちを指差した。

「ガブリエルが彼らに話したみたいだから聞いといてよ」

だからガブリエルって誰だよ。

ルキフェルはこちらへの興味を失ったようだ。

次の行動に移る前に、彼を止めなくては。

「【召喚】、ノクス、シリウス、ユキ、エレイン、アーデ、バルカン、ゼフィア！　ノクス、結界を頼む！」

俺は仲間たちを【召喚】した。

すぐさまノクスがバリアを展開し、外部と空間を隔てる。俺とアモンはノクスのそばに移動し、ルキフェルの前に立ちはだかった。

他の従魔には、万が一にも逃がさないように周囲を取り囲んでもらう。王家の人たちも手伝ってくれているようだ。

事態を静観していた虎の魔物、リンクが不意に動いた。

ルキフェルのそばに近寄った彼は、自らの足元に【亜空間】を開く……いや、あれはなんだろう。

【亜空間】ではないような……

「まさか【夢空間《むくうかん》】に逃げる気⁉　そんなこと無理だよ！」

何やら叫ぶノクスに、リンクが暗い瞳を向けた。

「夢の世界を通って存在が揺らぐのは、そいつの覚悟がその程度だからだ。お前みたいに、自分が何から生まれたか忘れたやつにはわからないだろうがな」

初めて聞くリンクの声。ノクスと同じ幻惑魔法を使って話しているのだとすぐにわかった。

リンクの言葉にノクスが毛を逆立てた。

「僕は——」

「今はそんな話はいいよ」

ルキフェルが話を遮る。そしてリンクを見つめた。

「僕は彼女のところに向かう。君は？」

「俺も生まれた意味を果たすために行く。29番ももう動いてるみたいだ」

それを聞いて、ルキフェルは満足そうに微笑んだ。

「そっか。それじゃあ行こう。それぞれの願いが叶うことを祈っているよ」

足元の空間に目を向けたルキフェルに、俺は叫んだ。

「待て！　行くな、ルキフェル！」

あの先がどこに繋がっているかは不明だが、絶対に行かせてはならない。

ロッテは俺に助けを求めたんだ。だから連れてはいかせない……

ゆっくりと距離を詰めながら、俺はルキフェルを睨む。

そんな様子を不思議そうに見て、彼は口を開いた。

「ライルくんが一体何者なのか、最後までわからなかったよ……本当はいろいろ話したいんだけどね。彼女が待っているから、もう行くね」

ルキフェルとリンクは、足元に開かれた空間に飛び降りた。

俺も後を追おうとするが、あっという間に空間が閉じてしまった。

結局何一つ理解できないまま、ロッテを連れていかれた事実だけが残った。

力なく床に座り込む。

込み上げる怒りを、どうしていいかわからない。碧月に照らされた白磁の床を、拳《こぶし》で叩いた。

俺の行き場のない感情に気付いて、ユキが肩に触れてきた。

彼女のユニークスキル【鎮静《ちんせい》の氷花《ひょうか》】には、他者の怒りや不安を取り除く効果がある。

負の感情を増幅させるルキフェルと相対すると思い、【召喚】していたが……正直、助かった。

「ユキ、ありがとう。もう大丈夫だよ」

俺は立ち上がって、混乱でフリーズしかけている国王たちを見た。

「ロッテを助けないといけません。それに、ルキフェルたちが何かしようとしているなら、みんなを守らないと。何があったか教えてくれませんか？」

ルキフェルが何かとんでもないことを企んでいるのは明らかだ。

それもあの言い方だと、29番……捕まえていたはずの従魔師の女性も動いているようだ。ルキフェルと同じタイミングで脱獄《だつごく》したのだろう。

それぞれが別々の目的のために動いているなら、ロッテだけじゃなくて、みんなに危機が迫っていると考えられる。

マテウスさんが俺のもとに歩み寄ってきた。

「そうだな。我々に呆《ほう》けている時間などない。民を守るためにも、すぐに動かなくては。そうでしょう、国王陛下」

愛する孫が目の前から消え、膝をついていた国王は息子の言葉で立ち上がった。

「オーウェンよ。騎士団は各ギルドと連携せよ。ルイ、総力を挙げて情報の収集と民の安全確保に努めよ！」

オーウェンさんとルイさんが、走ってフロアを出ていった。

「イレーヌは各国の来賓を集めてくれ。私自ら状況の説明を行う」

その指示で、王妃もすぐに動き出す。

国王が指示を出している間に、マテウスさんは現在の状況を手短に教えてくれた。

ヒルダさんは自らの両頬を叩くと、夫に声をかける。

「私はあなたの代わりに学園に向かいます。あそこにはたくさんの子どもたちと民が避難していますから」

「頼んだよ」

ヒルダさんも出ていったところで、マテウスさんが再びこちらを向いた。

その時、俺は虫の知らせのような、何か嫌な感じを覚えた。

聖獣の森がある方角に視線を向ける。

従魔たちも同じ予感があったのか、青ざめた顔でそちらを見つめる。

聖獣の森のさらに奥、瘴気封印の地である混沌の森から、空に向かって黒い煙が噴き出していた。

なぜか俺の脳裏に、チマージルにある不死鳥の島で瘴気の封印を守っているはずの精霊たちとリグラスクさんの顔が浮かぶ。精霊たちとは従魔契約で繋がっている。彼らにも危機が迫っているのか？

助けなければ、そう思った瞬間……俺の意識は途絶えた。

◆

ライルが倒れる数時間前。

王都の北側に広がる黄昏《たそがれ》の峡谷《きょうこく》。

夕日に照らされると赤く染まることからその名が付いた峡谷は、現在、夕焼けに染まっていた。じきに月が昇る。そうすれば土に含まれる微細な鉱物を碧月の光が反射して、この場所は緑のラメがちりばめられたかのような美しい景色を見せるだろう。

シンシアの秘書であるホブゴブリン……通称、秘書ゴブは、そんな峡谷を進んでいた。

彼の上司であるシンシアは昨晩、王都の地下にある特別牢《とくべつろう》を訪れた。

父親のノモッコ卿に頼まれて、トーマスと29番にとある魔道具を渡すためだ。

その魔道具には特別な加工が施されており、魔道具の扱いに長けているシンシアでさえ、効果を確認できなかった。味方のふりをして瘴魔石の組織と接触している以上、不審な行動はとれない。

仕方なくシンシアは魔道具を二人に届けた。

だが、魔道具を脱獄に使うであろうことは想像できた。彼女はその魔道具に発信機を仕込んだ。

そしてそれを、信頼できる共犯者である秘書ゴブに伝えておいたのだ。

……発信機が動き出したら、シンシアがトーマスを、秘書ゴブが29番を追い、組織にバレないよう妨害する手筈になっていた。

動き始めた信号を追って、秘書ゴブは一人で王都を出た……はずだったのだが、王都を発ってほどなくして、別の人物に追いつかれた。

その人物は、シンシアが開発した二輪車の魔道具を走らせる秘書ゴブを呼び止めた。

そして「遅いからこっちに乗ってください」と、自らの従魔であるサキランドホースに乗り換えさせたのだ。

今はその人物――マルコと共に、二人で29番を追いかけていた。


秘書ゴブは自分の隣をそっと見た。

【召喚】したワイルドベアのウーちゃんに乗ったマルコが、並走している。

モフモフで優しい顔立ちのウーちゃんだが、四足で駆けるスピードは凄まじい。

並の者なら振り落とされてもおかしくない状況だが、マルコは涼しい顔だった。

笑みを浮かべて、秘書ゴブに話しかける。

「あなたに目を付けていて、正解でした」

普段は旅商人をしているマルコだが、その正体は凄腕の諜報員《ちょうほういん》だ。聖武大会での騒動を伝え聞いた彼は、こっそり秘書ゴブをマークしていた。

「それはどういう意味ですか？」

そんなこととは露知《つゆし》らず、秘書ゴブは困惑する。

ベマルドーンから来た彼は、マルコが何者であるのか、よくわかっていない。

聖魔競技大会を見ていたので、ライルと仲がいいことは察している。

また、こうして自分を追ってきたことで、従魔を連れたただの旅商人ではないことは察した。

とはいえ、なぜこちらの目的さえ聞かず、力を貸してくれるのかはさっぱり不明だ。

撒《ま》こうかとも考えた秘書ゴブだが、話の流れでマルコが元最年少従魔師であると知って、早々に諦めた。ホブゴブリンは珍しいだけでさほど強くない。戦って勝つなんてもってのほかだ。

持たざる者にできる選択は、いつだって少ない。

マルコは柔らかい口調で話を切り出した。

「警戒しなくていいですよ。僕はあなたを敵だと思っていません。あなたを乗せているサキランドホース……ロクちゃんは繊細《せんさい》なんですよ。自分や仲間に対する敵意を感じるとモフモフの毛並みが、雷を帯びるんです。乗れてるってことは、あなたにその気がないってことでしょう。もし乗れなかったり、逃げようとしたりしたら、とっくに捕まえています」

微笑んで言うマルコに、秘書ゴブは青ざめる。

「それを試すために乗らせたんですね……」

「……あなた、バーシーヌで暮らしていたことがあるでしょう?」

突然の質問に、秘書ゴブは言葉を失った。

「僕、魔物を見るのが得意なんです。だからわかったんですよ。あなたがベマルドーンがある北方ではなく、バーシーヌの出身だって」

ゴブリン種のように世界中に広く分布している魔物は、様々な要因から身体的特徴が地域ごとに異なる。

とはいえ、その違いは些細なものが多い。

ゴブリンの場合は、骨格と体毛の特徴が多少異なる程度だ。

それを一目で見抜ける者は、従魔術に精通し、商人として、諜報員として、世界を渡ってきたマルコくらいのものだろう。

「つい最近、ベマルドーンから来た商人と話す機会がありまして……『シンシア様の秘書は、数年前にベマルドーンへやって来た魔物だ』と聞いていたんです。あなたがベマルドーンに入るしばらく前に、ここ、バーシーヌではゴブリンにまつわる大きな事件がありました。そしてふと思い出したんです。討伐されたホブゴブリンには、行方不明になった息子が――」

秘書ゴブはため息をついた。

「参りました、おっしゃる通りです。あなたほどの者がそばにいるとは……ますます私の席はなさそうです」

「席？」

マルコが聞き返した。

秘書ゴブはそれを無視し、別の質問をする。

「私のこと、他のどなたかと共有なさいましたか？」

「いいえ、まだ誰にも話していません。聖武大会での騒動で、王都は混乱していて……上司が捕まらなかったんです。後ほど、従魔に頼んで手紙を運んでもらう予定でしたが」

マルコの上司は、第二王子であり財務卿のルイだ。

秘書ゴブは胸を撫で下ろした。

「私の出自を話すのは、しばらくお待ちいただけませんか。その他については、自由に報告していただいて構いません。私は今、脱獄した29番と呼ばれる女性従魔師を追跡しています。こうして動いている理由に、あの事件は関係ないのです。私は愛しきお方に刃を向ける者が許せないだけ。あなた方と敵対する意思は――」

その時、秘書ゴブを乗せていたロクちゃんが突然足を止めた。ウーちゃんもほぼ同時に止まる。

どこか警戒するような二匹の様子に、マルコは前方に目を凝らす。

夜空の碧月が地上を照らす。遠くで何かがうごめいているようだ。

「【召喚】、チル」

マルコはクラウンバードのチーちゃんを【召喚】し、上空から偵察《ていさつ》へ向かってもらった。

そしてチーちゃんの視界を【感覚共有】で確認する……地上にいたのは、夥《おびただ》しい数の魔物の群れだった。

マルコは向かってくる魔物の状況を詳細かつ端的にまとめると、手紙をチーちゃんに持たせ、王都に向かわせた。

29番の信号は、魔物の群れのそばにある。

逃亡者を問い詰めるため、二人は先を急いだ。

◆

「ライル！　どうしたの、ライル！」

倒れたライルに、僕——アモンは一生懸命声をかける。

でも、彼は起きてくれない。

顔をペロペロ舐《な》めても、反応がないんだ。

普段は診療所と医療ギルドの手伝いをしているユキが、すぐに診察してくれた。

だけど、体に異常は見つからないみたい。

問題はライルのことだけじゃない。連れていかれたロッテも心配だし、混沌の森からは瘴気が溢れているし……

僕のそばでは、聖獣の森の元素精霊……ゼフィアたちが瘴気の件について話をしている。

「私たちもすぐに森に向かって瘴気を封じないと」

「クソッ！　森を離れた結果がこれかよ！」

「甘かったな。とにかくすぐに向かって――」

ゼフィア、アーデ、バルカンが難しい顔で言った。

湖の精霊、エレインも口を開く。

「行ったところで意味なんてないわ。あなたたち、まずは落ち着きなさい」

あれ？　てっきり、エレインも「早く行きましょう」って言うかと思ったのに。

ゼフィアたちも同じ気持ちみたいだ、驚いたようにエレインを見る。

ところが、みんなの視線を受けた彼女は、思いっきり首を横に振った。

「まだ何も言っていないわよ！　今の言葉は私じゃありませんわ、アモン様」

「エレインじゃないなら、誰が……」

僕が聞こうとした途端、元素精霊たちが光り輝いた。

彼らの姿に重なるようにして、別の存在が現れる。

エレインからは、上半身は人で、下半身は魚……日本にいた頃にテレビで見た、人魚のような女性が。

アーデからは、肌の一部が鱗《うろこ》になった、筋肉もりもりの男性が。

バルカンからは、燃え盛る髪を頭のてっぺんで結んだ女性が。

そしてゼフィアからは、少しふくよかな体をした、背に鷲《わし》のような翼を持つ男性が出てきたんだ。

僕がビックリしていると、人魚のお姉さんがお辞儀をした。

「お初にお目にかかりますわ。私たちは精霊界を守護する大精霊。それぞれ、溟海《めいかい》、劫火《ごうか》、沃土《よくど》、青嵐《せいらん》の大精霊と呼ばれています」

四人を代表して挨拶してくれたみたいだ。

ちなみに、このお姉さんが溟海の大精霊さんらしい。

エレインが食ってかかる。

「先ほどの言葉はどういうことですか？　私たち元素精霊の役割は、有事の際に身を挺《てい》して瘴気を抑えることでは？」

溟海の大精霊さんは、エレインを足元から頭の先までまじまじと眺めた。

「あら―、あなたって相変わらず地味ね。せっかく『エレイン』なんて素敵な名前をもらったのに」

その言葉に、エレインが青筋を立てる。

「そんな話をしている場合ですか！　私たちがなんとかしないと――」

「だからね、無・理・な・の・よ」

溟海の大精霊さんは、顔の前で人差し指を左右に揺らした。

宙《ちゅう》を泳ぎながら距離を詰める彼女に、エレインが後ずさる。

アーデから出てきた男性……沃土の大精霊さんが口を開く。

「あれは混沌の森の封印が破られたことが原因じゃない。世界樹が瘴気の流出を抑えるために展開していた領域そのものに限界が来たんだ」

「世界樹って、さっきマテウスが説明してくれたやつだよね？　それがどうしたの？」

僕が首を傾げると、沃土の大精霊さんがマテウスを見た。

「ふむ……そこの人間、こちらで何が起きたのか、我らにも説明してくれ。どこまで知っているのか、確認してから話したい」

マテウスがもう一度状況を教えてくれた。

僕は【感覚共有】を使い、この場にいない仲間たちにも説明が聞こえるようにする。

これで僕たちライルの従魔は、全員が状況を把握した。

特に、聖武大会で観客を避難させるようライルがお願いしてから、別行動になってしまったアサギとシオウはすごく心配そうだ。

今は生徒たちと一緒に学園にいるみたいだけど……ライルやロッテの身を案じる気持ちが、僕に伝わってくる。

黙って聞いていたノクスが、話を切り出した。

「ルキフェルとリンク、別の空間に消えたでしょ？　あれは【亜空間】じゃなくて、幻惑魔法の【夢空間】っていう技で、夢の中……夢の世界に行けるんだ。多分リンクは僕と同じ、夢の世界から来た存在なんだ」

「……つまり君たちは、ガブリエル様がおっしゃっていたドラゴンの生まれと同じで、夢の世界の希望から生まれた存在ってことかい？」

「それとはまた少し違うんだけど……」

マテウスに質問され、ノクスが言葉に詰まった。

そこに、沃土の大精霊さんが割って入る。

「今重要なのはその話じゃないだろう」

「そうね。でも確信できたことがある。ルキフェルは夢の世界を通過して、世界樹のもとに向かったんだわ」

炎のような髪をした劫火の大精霊さんによれば、ガブリエルさんがお世話をしていたという世界樹の枝葉の一つは、混沌の森にあるのだという。

各地の瘴気封印の地は、世界樹の枝葉のそばにあるそうだ。

「そっか！　世界樹の根は、夢の世界まで届いているんだもんね。夢の中を歩いていけば、辿り着けるんだ！」

僕の発言に、劫火の大精霊さんが頷く。そしてさらに補足した。

「ルキフェルは、瘴気を抑えるために世界樹が展開していた領域を切り裂いたの。瘴気の封印は、世界樹による協力込みで成り立っていたものだから……今となっては、精霊たちが身を挺するだけでは足りないわ」

その言葉に、他の大精霊さんたちは首肯した。

マテウスが顎《あご》を撫でる。

「聖獣様の森の様子はどうだい？」

「今のところ問題ない。銀狼たちが森を見回っているが、あちらはアモン様とライル様のおかげで聖属性の魔力に満ちている。だから、すぐ瘴気に支配されないんだ。ただ、噴き出した瘴気が森の上空に出ちまった。風向きから考えて、間違いなく王都の方に流れてる」

シリウスの言葉通り、聖獣の森の方角に黒い雲が見える。

月明かりに照らされながら、こちらに近づいてきているんだ。

頭を抱えたマテウスが、ぽつりと呟いた。

「ここからでも視認できるほど濃《こ》い瘴気か……聖獣の森の近隣にある町村への被害も気になるが、もし王都へ到達したらこの国はおしまいだね」

「いや、問題はそれより前にあるみたいだぜ」

青嵐の大精霊さんが言った時、最上階に近衛騎士団副団長のレグルスがやって来た。

「マルコから連絡がありました。『29番が脱獄した模様。追跡中、王都の北、黄昏の峡谷方面に多数の魔物の群れを発見』とのことです。いずれもDランク以下の弱い魔物ばかりのようですが……『バーシーヌ近辺では見かけない魔物もおり、異常な数である』と」

ライルの心配だけでいっぱいなのに、もう頭がパンクしそうだ。

そんな状況の中でも、マテウスと国王は必死に頭を巡らせていた。

「……やはり、ベマルドーンが裏で糸を引いているとしか思えない」

「29番と言えば、従魔師の女だったか……おそらく、トーマスと共に混乱に乗じて牢を破ったのだろう。しかし、こんな短時間で多数の魔物を操るなんて可能なのか?」

国王の言葉を聞いて、ノクスがピンと来たようだ。

「あの人、前に戦った時は群れの長《おさ》だけと従魔契約していたよ。今回もそれじゃない?」

そうだった。彼女は以前、精魔虫《せいまちゅう》の長マザーだけを従魔にして、群れ全体を操っていたっけ。

「どうして弱い魔物を従魔にしたんだろうな? 王都を襲うつもりなら、一度身を隠して、強い魔物と【契約】したほうがいいんじゃ……」

首をひねるシリウスに、劫火の大精霊さんが答える。

「魔物は人に比べて【瘴魔化】する時間が短いわ。特に弱い魔物はね」

29番は魔物を瘴魔にさせながら、王都に向かってくるつもりなんだ!

そうなれば王都の戦力でも耐えきれない。

すぐにマテウスが指示を出す。

「レグルス、すぐに部隊をまとめて王都の守護を。また、瘴気が流れてくる経路を予測し、近隣の町村に連絡し、避難するよう伝えてくれ。私もすぐに向かう」

「マテウス、行っちゃうの!?」

僕が思わず聞くと、彼はまっすぐ僕を見た。

「民の命が危ないんだ。王族としての務めを果たさないと」

マテウスに続くように、国王も「儂もそろそろ行かなくては」と言って背を向けた。

よく見ると、二人の手が小さく震えている。

そうだ、彼らだってロッテが心配なはずなんだ。

聖獣である僕がパニックになっている場合じゃない。

「わかった。それなら、僕たちがライルを起こすよ。ライルならきっと、瘴気のことも、ロッテのこともなんとかできると思うから」

決意を込めて口にしたら、不思議と不安がどこかに消えた。

ライルさえ目覚めてくれれば全部なんとかなる……なんだか元気が湧いてきたぞ。

僕の頭をしっかりと撫で、マテウスと国王は去っていった。


僕は仲間たちを振り返った。

まずはユキに、ライルの容態《ようだい》をもう一度診てもらう。

「体に異常はありません。ですが、魂がダメージを受けているようです」

すると、ヴェルデから【念話】が飛んできた。

『ライル様が意識を失う直前、不死鳥の島の精霊たちとの繋がりに大きな揺らぎを感じました。それが関係しているのではないでしょうか』

【系譜の管理者】の力でライルと僕たち従魔のステータスを確認している、ヴェルデならではの意見だ。

彼には、騎士団長のオーウェンさんや各ギルマスに事情を説明する役割をお願いした。『王都の情報も集めます』との心強い答えが返ってくる。

ヴェルデもライルが心配に決まっているのに、そんな様子はちっとも見せず力を貸してくれている。

「不死鳥の島で何かあったのが、関係しているかもしれないって！」

僕がヴェルデの意見を伝えると、沃土の大精霊さんが一つ頷いてから、答えた。

「不死鳥の島もまた、世界樹の枝葉の上に築かれた瘴気封印の地。あちらも、こちらと同様の状態にあると見ていいだろう」

そうか。混沌の森のものに比べ、不死鳥の島の瘴気の封印は弱かった。

だから、ルベルスたち不死鳥の島の元素精霊とリグラスクが、頑張って強化しているんだよね。

あちらも瘴気の封印が弾けたのだとしたら、エレインたちと違って、直接力を注いでいたみんなにダメージがあってもおかしくはない。

【契約】しているライルにも、なんらかの反動があったのかも。

劫火の大精霊さんが言う。

「あちらに目覚める鍵があるかもしれないわ。直接行ってみなければわからないけど」

「大精霊さんの力で向こうに行くことはできないの？」

「残念だけど、俺たちはあまり長く精霊界を離れられないんだ。今アモンが見ているのも分身で、こいつらの力を借りている状態にすぎない。せめて、不死鳥の島の精霊たちと連絡が取れれば話は変わってくるが……」

アーデを指差し、沃土の大精霊さんが教えてくれた。

「さっきからルベルスに連絡しているんだけれど、繋がらなくて……あちらからの応答がないと、私たちには様子さえわからないわ」

劫火の大精霊さんに言われて、僕は困ってしまった。

「どうしよう……どんなに急いだって、走っていくなら丸一日以上かかっちゃうよ……」

すると、溟海の大精霊さんが口を開く。

「エレインちゃん、あなたならアモンくんを助けてあげられるでしょう。水を媒介にして、別の地点へ転移できるんだから」

エレインが困り顔で答える。

「確かにそうですが……私の【湖の乙女】は、湖と水源を同じくする水でないと――」

その言葉に、溟海の大精霊さんの雰囲気が変わった。

「ねぇ、あなたっていつ湖の精霊になったの？」

声のトーンが低くなっている。表情はニコニコしているのに、目が笑っていない。

これはリナがライルを叱る時と同じだ……

「あなた、水の元素精霊でしょ？　つまり水があるところは全てが支配しうる領域。それなのに『湖の』だなんて、とっても謙虚《けんきょ》なユニークスキルね？　そのうえ『乙女』って……可愛い子ぶっているの？」

エレインの顔ぎりぎりまで自分の顔を近づけて、さらに続ける。

「守るべきものがあるなら、覚悟を決めなさい」

冥海の大精霊さんのお叱りに、他の大精霊さんも頷く。

「アーデもそうだ。本当ならより高位の存在に進化できるだけの力を、ライルからもらっているはずだ。なのに、従魔になってから全然変わってない」

「同じような毎日を生きようとするのは、無駄がなくて合理的だわ。合理主義の神様に生み出された精霊の本能だから、仕方ない部分もあるかもね。でも、あなたたちはそういうタイプではないでしょう、バルカン」

「日々研鑽を重ねる大樹の精霊を少しは見習え、ゼフィアよ」

大精霊たちに言われ、エレインたちはお互いの顔を見合わせた。

「確かに、私たちはいつのまにか――」

「待って。それ、今はなし」

話し出そうとしたエレインを、ゼフィアが止めた。

「変化に気付いて、立ち止まって結論を出して……今はそんなことしている場合じゃないでしょ。この件について、私たちはもう何をしたいか決めているじゃない。同じ展開の繰り返しはやめましょう」

エレインが苦笑する。

「それもそうですね」

「一つずつ、ゆっくりとしか気付けぬ我らは、合理性とかけ離れておるな」

自嘲するバルカンは、どこか清々しそうな表情だ。

アーデがマジックバッグから何かを取り出した。

【縮小化】している僕の視点じゃ、何を出したのか見えないけど……エレイン、バルカン、ゼフィアにそれぞれ手渡している。

三人がなぜか微笑んだ。

そしてその何かを握り、胸元に持っていく。

彼らが目を閉じると、その体が光り輝いた。

やがて光が収まり、元素精霊たちが目を開く。

一体何をしたのかな……僕が首を傾げていたら、エレインが口を開いた。

「私たち聖獣の森の元素精霊は、ライル様とアモン様からいただいたお力を糧《かて》に、より高位の存在へ進化いたしました」

なんでも、エレインは『ウンディーネ』から『水聖霊《みずせいれい》・エレイン』へ。

アーデは『ノーム』から『地聖霊《ちせいれい》・アーデ』へ。

バルカンは『サラマンダー』から『火聖霊《ひせいれい》・バルカン』へ。

ゼフィアは『シルフ』から『風聖霊《かぜせいれい》・ゼフィア』に、進化したのだという。

「いつもアモン様から感じる聖なる力が、私の中に……」

エレインが自分の胸に手を当てた。

その言葉に、バルカンも首肯する。

「ああ。己の内に宿る熱が、先ほどまでとは別物のようだ」

「王都にいるのに、聖獣の森の中にいるみたいに力が溢れるわ！」

ゼフィアが感嘆の声を上げた。

アーデは「やっぱりな」と小さく呟いている。

「もらった名をそのまま種族名にするなんて、本当にライルが好きなのね」

劫火の大精霊さんがそう言うと、ノクスが少し不安そうに尋ねる。

「でも、エレインたちって進化しちゃって大丈夫なの？　精霊たちが瘴気を封じるには、純粋な四元素の力が必要なんでしょ？　種族が変わっちゃって平気？」

その一言に、エレインたちはハッとした顔になった。どうやら忘れていたみたい。

慌てふためく皆を見て、青嵐の大精霊さんは、手で払うような仕草をした。

「いいんじゃねぇか？　世界樹による瘴気の抑え込みが望めなくなった今、精霊たちの封印はあまり意味をなさない。瘴気が広がるペースの方が早いからな、あっという間に限界が来ちまっただろう。だったら、聖獣の主人を目覚めさせる作戦に全力を尽くしたほうが合理的だ」

「愛する者のために、自分の在り方を変えるなんて……少しはいい女になれたんじゃない？」

溟海の大精霊さんに褒められて、エレインは「これくらいわけないです」と素っ気なく答え、僕のそばにしゃがんだ。

溟海の大精霊さんには見えないだろうけど、エレインはすごく嬉しそうな顔だ。

なんだかんだ、自分を育ててくれた彼女のことが好きなのかな。

「アモン様、これから不死鳥の島の海岸まで道を繋ぎます。種族が変わった今、私のユニークスキルは変化しました。スキルは魂に刻まれた力。魔法と違って魔力を使いませんからね。魔力を霧散させる闇の海域も関係ありません」

エレインが堂々と宣言した。

ユニークスキル【湖の乙女】は、聖獣の祠近くの湖と同じ水源にしか繋げなかった。それに、転移できるのは、エレインと主であるライルだけ。

ところが、今回の進化でその条件が広がった。水がある場所であれば、どこでも繋げるようになったのだ。

さらに精霊も転移が可能になり、聖霊犬である僕も対象なのだという。

さらにさらに、僕とフェルの白炎の領域にノクスが入れば、彼もまとめて転移できるそうだ。

エレインの力を使えば、僕たちは一瞬で不死鳥の島に行ける！

ところが、ノクスは首を横に振った。

「ごめん。僕は残っていいかな」

そう言ったのが意外で、僕は驚いてしまう。

「リンクとは、僕が戦わなくちゃいけない。だから残るよ」

ノクスはいつになく真剣な顔だ。

だから僕は、「頑張ってね」と弟分に鼻を寄せた。

「でも、それだとアモン様がお一人に……」

ユキが心配そうにする。

「一人じゃないよ。フェルもいるから平気！」

「私も一緒に……」

エレインが申し出てくれたけど、僕は断った。

「大丈夫だよ。今のエレインたちなら、瘴気からみんなを守ることができるでしょ？　僕の代わりにそれをお願いしていい？」

「……ええ。かしこまりました」

エレインが頭を下げると、バルカンとアーデ、ゼフィアも真似をした。

「さて、すぐにでも出発したいところでしょうが、少々お待ちを。シャリアス様からお話があるようです」

エレインがつけているイヤリングは、湖の水をアサギが【絶対零度】で固めたアクセサリーだ。

ユニークスキルと一緒にこれを使うことで、聖獣の森の水面に映像や音声を届けることができる。

いつの間にか彼女は、こちらの様子を森の民の村の神殿に映していたらしい。

この非常事態に、気を利かせてくれていたんだ。

みんなが見えるように、エレインは大きな水球を作った。

森の民の村にある聖獣の神殿が映る。そこにシャリアスとフィリップがいた。

「村の方は大丈夫そう？」

聖獣の森に残っている彼らが心配で、僕は思わず聞いた。

「今のところはね。この村のみんなは強いから。それに、ファンちゃんが仲間のドラゴンを派遣して助けてくれているよ」

ファンちゃんとは、古龍の山脈に棲《す》むドラゴンだ。

今のところは、か……やっぱり、大変ではあるんだろう。早くライルを起こさないと。

そんなことを考えていたら、シャリアスが驚くことを口にした。

「アモン、僕も一緒に連れていってくれるかい？　僕もライルを助けたいんだ」

「え？　村の長なのに、そっちを離れていいの？」

僕が言うと、黙って聞いていたフィリップが口を開く。

「つい先ほど、村のみんなの合意のうえ、父さんから長の座を引き継いだ。だから父さんを連れていってあげて。そうすれば、僕も村のみんなもより安心できる。ライルも君も、僕らの家族なんだから」

ライルだけじゃなくて、僕のことも家族として心配してくれているんだ。

「嬉しいけど、僕とフェルの領域には、ライルとノクスしか入れないんだよ」

「確か、進化した君のユニークスキルなら精霊が通れるんだよね？」

問われたエレインは「はい」と首肯した。ただ、質問の意図がわからないのか困惑している。

「どうしてそんなことを聞くの？」

わからないのは僕だって同じだ。

首を傾げると、シャリアスはしゃがんで僕と目線を合わせた。

「【精霊化】。僕がハイエルフになった時に得たスキルだよ。僕は精霊になろうと思う」

大戦の末期、最後の戦いを終えたシャリアスは、息も絶《た》え絶《だ》えで森に帰ってきたそうだ。

森と人の調和を守るために戦った彼を救うべく、小精霊たちはシャリアスの体に集まって傷を癒やした。

その影響で【精霊化】のスキルを得たらしい。

「それを使う意味はわかっているのか？」

青嵐の大精霊さんに言われてシャリアスは首肯した。

「はい。ヴェルデが大樹の樹を離れたように、私もハイエルフとしての肉体を捨てるということ」

そう答えてから、目を閉じた。

「マーサから、家族と世界を託《たく》された。その時が来れば使う覚悟はとっくにできていたんだ。だから……」

僕は何も言わずに頷いた。

大切な人のためなら何にでもなれるし、どこへでも行ける。

その気持ちがわかるから。

シンシアを助け、死霊魔術士を追跡しているリナとヒューゴも、【感覚共有】しているジーノを通して事情を聞いたみたい。

リナから「帰ったらみんなでご飯を食べましょう」と伝言があった。

「それでは、道を繋ぎます。私がスキルを使ったら、アモン様は目の前の水球に、シャリアス様は聖獣様の神殿の水にお入りください。向こうで合流できるようにいたします」

エレインが進化したユニークスキル【聖《せい》なる海道《かいどう》】を発動した。

「僕が必ずライルを助ける。だからみんなも……」

死なないでね、と言おうとして、怖くなって口をつぐむ。

僕は別の言葉に変えた。

「またあとでね！」

僕はフェルの白炎を纏って、水球に飛び込んだ。

◆

アモンが不死鳥の島へ向かった頃、聖獣の森では森の魔物が瘴魔と戦っていた。

シリウスが言った通り、聖獣の森の魔物はまだ【瘴魔化】していない。

今はまだ、瘴気も聖獣の森を避けるように広がっている。

だが、混沌の森にいた瘴魔が、外に出ようと聖獣の森へ侵入してきた。

聖獣の森の魔物は仲間と森を守るため、そうした瘴魔と交戦しているのである。

そんな中、鹿人族の男——17番は何をするでもなく立ち尽くしていた。

彼を保護していた鹿人族の親子は、瘴魔を撃退するべく、すでに戦いに赴《おもむ》いている。今なら容易に逃げられるだろうが、彼は自分が何をしたいのかわからなくなっていた。

その時、17番に一匹の瘴魔が襲いかかる。

反応が遅れた彼は、咄嗟に防御するも吹き飛ばされてしまう。

樹にぶつかり、力なく地に伏す。

それを瘴魔が見逃すはずもない。瘴魔は鋭い爪を大きく振り上げた。

「あぁ……結局、こんな最期か……」

死を悟った17番は抵抗する気力もなく、自身を引き裂くであろう爪をただ見つめた。

ところが、彼を守るかのように、空から何者かが下りてきた。

そして瘴魔を牽制すると、振り返らずに問いかける。

「古龍の山脈から応援に来た者だ。君、大丈夫か？」

その人物の言葉に、17番は上空を見上げた。

たくさんのドラゴンが、瘴魔と空中戦を繰り広げている。

「どうした？　怪我でもしたのか？　俺の声が聞こえて――」

返事がない17番を心配したのか、その人物が振り返る。

十代後半くらいの隻腕《せきわん》の青年だった。彼は17番を見て目を見張る。

「イワンか？」

覚えのある偽名で呼ばれて、17番は記憶を探る。

そして思い出した。

「お前……アビスペルか？　生きていたのか？」

「まあな」

今から二年ほど前、功を焦《あせ》ったアビスペルは17番たちに騙されて、王立学園の課外実習でワイバーンを【瘴魔化】させてしまった。

瘴魔と化したワイバーンの暴走はライルが食い止めたものの、アビスペルは大怪我をして、自らの行動の責任を取ることになった。

表向きには死んだことにされた彼は、普通の生活を送ることもできずにいた。

アビスペルの父、ヤオカーバ伯爵は律儀《りちぎ》な性格の男だ。

そんな伯爵は、息子がワイバーンを【瘴魔化】させた謝罪をするために古龍の山脈を訪ねた。

そこには古龍の長――ファンちゃんがいるからだ。

古龍たちの住む場所は、ファンちゃんが幻惑魔法で結界を張っているため、容易には辿り着けない。

結界を抜けられる者はほとんどいないのだが……【現実主義者《リアリスト》】という幻術《げんじゅつ》を無効化するファミリアスキルを持つ伯爵は、どんどん進んでいった。

そして数匹の古龍が暮らす場所までやって来た彼は、「罪滅ぼしとして、息子を働かせてほしい」と申し出たのだ。

古龍たちは困惑した。彼らからしたら、ワイバーンが死んだくらいどうということはない。

しかし伯爵の話を聞いて、長が目をかけている聖獣の主人と繋がりがある者だとわかった。

彼の一族のスキルにも興味を引かれたとある古龍は、アビスペルを預かることに決めたのだ。

それ以来、アビスペルは古龍の山脈で下働き……修業に明け暮れていた。

かくして瘴魔と戦えるだけの力を手に入れたアビスペルだったが、実際に戦うとなると少し苦戦する。

ひとまず目の前の敵は倒したものの、連戦となると大変だ。

手伝ってほしいんだけど……と内心で思いながら、彼はかつて自分を騙した17番に呼びかけた。

「昨年王都で起きた事件は聞いている。今のこの状況、お前やトーマスの仕業なのか？」

「あぁ」

「世界に瘴気を広めるのが、お前らの目的だったのか？」

「あぁ」

「じゃあ、目的が達成できたんだな？」

「あぁ」

アビスペルが何を問いかけても、力のない答えしか返ってこない。

彼は気にするでもなく、もっとも気になっていたことを問いかけた。

「目的を遂げたのにさ、お前はなんでそんな顔してんだよ」

そう言われて、17番は近くの湖面を見る。

湖面に映ったのは、何かを失ってしまったような、そんな虚《うつ》ろな目をした男だった。

「俺は混沌こそが安らぎだと思ってた……」

自分の気持ちを整理するため、17番は語り始めた。

「小さい頃から、大戦の時代に、俺たち鹿人族がどんなにひどい目にあってきたか聞かされていた。そんな一族を守るために、俺のいた国の王がどれほど尽力してくれたのかを」

鹿人族の角は魔道具を作る素材となる。それを軍事利用したいベマルドーンによって、鹿人族はひどい扱いを受けてきた。

その多くは終戦を機に、ベマルドーンの周辺国に保護された。

17番の先祖もそうだ。

とある国の居住区に家を用意してもらった彼らは、ふかふかの布団に寝て、毎日温かい食事を食べることができた。

生活を保障してくれたお礼として、一族は自ら角を切り落として提供した。

幸せな毎日はずっと続いていくかに思われたのだが……

与えられた家は、彼らを逃がさないためのもの。

そして不用意に他の種族と交わって、血が薄くならないように監視するためのものだった。

食事や日用品の買い出しにさえ許可がいるような状況で、外界との接触はかなり制限されていたらしい。

「なのに、先祖はそれに気付かず、角を渡し続けちまったんだ。自分の命を削っていたとも知らずにな」

鹿人族の角は、一度切り落としても【完全獣化】するたびに再生する。

だが、その都度生命エネルギーを激しく消耗《しょうもう》するのだ。

一回角を切るごとに寿命は一年ほど縮むと言われている……それを教えてくれたのが、父と共にとある取引のために国を訪れたトーマスだった。

鹿人族は自分たちが保護という名目の牢獄に囚われていることを理解した。

そしてそこから抜け出すために、トーマスの仲間になることを決意したのである。

「なるほどな……そこをトーマスに付け入られたのか」

「まあな。俺たちは角を通して感情を共有するから、互いの負の感情にも影響されてしまう。あいつの、人の負の感情を増幅させる力とは、相性がよかったんだろう。あっという間に、みんなが混沌の世界を望むようになった。あとは単純に、潜入に向いてるから誘ったのかもな」

大戦から長い年月が経ったが、17番たちの一族は血が濃く、全員が【完全獣化】できた。毛色に多少の個性はあったが、【完全従魔】すればディア系の魔物にしか見えないから、潜入工作に適していた。時には荷車をひく従魔のふりをして、町に入り込んでいたのだという。

「たとえ憎《にく》しみがあいつによって増幅させられていたとしても、その核にあるのは間違いなく自分の感情なんだよ」

アビスペルは「それはそうだな」と小さな声で同意する。

彼自身、己の過ちを他人のせいにするつもりはない。

「だから、全部壊れてしまえばいいと思った。その結果がこれなんだな」

黙り込む17番をちらりと見て、アビスペルはさらに続けた。

「目的が果たされたのに、なんでお前はそんなに浮かない顔をしてんだよ」

ゆっくりと顔を上げた17番が口を開く。

「森を襲った時、人間の世界の理不尽なんて、弱肉強食の魔物にとって日常茶飯事《にちじょうさはんじ》だって、あそこにいる女に言われたよ」

17番の視線の先には、対岸で戦うスイがいる。

「そんなやつらが、昨日のパレードを見て嬉しそうにしていた。希望を目に宿していた。人と亜人が……魔物や精霊が……利用されることなく仲良くなる……？　意味がわかんねぇだろ」

言いながら、17番の声が震えていく。

「なぁ、俺たちが弱かったのか？　真実を知ってなお、人を憎まず、希望を持って生きるべきだったのか？　誰かを苦しめるくらいならと、命を差し出して偽《いつわ》りの楽園で飼われておくべきだったのか？　それとも俺を助けた鹿人族の親子みたいに、人の姿を捨て、獣に交じって生きる道を選べばよかったのか？」

その問いにアビスペルは鼻を鳴らして、口を開く。

「知るかよ。友達と上手くいかなくて、拗《す》ねて、馬鹿やった俺が、そんなご立派な話に答えられるかよ」

アビスペルは自虐《じぎゃく》的に言いながら、17番たちと一緒にいた頃を思い出す。

「お前の仲間と一緒にいた時さ、お前だけは他のやつらと違うなって思ってた。隠していたつもりかもしれないが、俺の話をイラついて聞いていただろ？　特に俺が、学園のことや家族のことを話すとな。今ならわかる。自分が欲しい温かな居場所を持っているくせに、大事にできない俺が許せなかったんだな？」

「は？　俺がそんなものを欲していたっていうのか？」

「そうだろ？　でもお前は鹿人族の自分たちには無理だと思っていた」

獣人であっても、決して人と同じ幸せは得られない。それが鹿人族である……確かに17番はそう思っていた。

「だけどライルがお前に見せたんだ。お前が本当に望んでいた、どんな種族でも共に暮らせる世界。己の生き方を貫きながら、希望を持って迎えられる明日があるんだと」

17番は今一度、昨夜の光景を思い返した。

湖面に映ったパレードの様子、そしてそれを眺める魔物たちの顔を、彼は木陰から見ていた。

アビスペルはさらに続ける。

「俺は全部失った。遅くなったけど、自分が欲しかったものにやっと気付いた」

古龍の山脈で、過酷《かこく》な修業をしてきたアビスペルは悟った。

結局、人も魔物もドラゴンも、それぞれが望む希望ある明日のために生きているだけなのだ。

自分の不幸と他人の幸福を比べることに、意味はない。

アビスペルは、かつては言えなかった言葉を口にする。

「俺は友達に誇れる自分でいたい。自分の罪が許される日が来るかはわからないけど、いつかまた親友の隣に立ちたい。だから今だって戦う」

そして17番に問う。

「お前はどうしたいんだよ？」

問われた17番は、【完全獣化】を使った。

森の外に向かおうとする瘴魔に向かって駆け出す。

そして体を翻し、後ろ脚で瘴魔に強烈な蹴《け》りを見舞わせた。

◆

魔物の群れを見つけた秘書ゴブとマルコは王都へ手紙を送り、原因の調査に向かった。

【テュポンロード】で風の道を作り、魔物の群れを目指して上空を進んでいく。

群れを観察し、秘書ゴブから彼とシンシアの事情を聞きながら待つことしばらく。

王都に着いたチーちゃんから【念話】と【感覚共有】で説明を受けたマルコは、大方の状況を理解した。

シンシアがこちらの味方であり、黒幕であるゾグラを捕らえるために行動していたこと。

瘴気の森の封印が解かれ、瘴気が王都に向かって流れてきていること。

正体を現したトーマス……ルキフェルによってロッテは攫われ、ライルが倒れたこと。

マルコはチーちゃんが伝えてきた情報を、秘書ゴブにも伝える。

秘書ゴブは話を聞き震える様子を見せたが、「王都に戻ってもできることはありません。我々は29番を止めましょう」と答えた。

二人は上空から群れの発生源を探す。

そこは、黄昏の峡谷の北東にある小さな湿地だった。どうやら魔物たちはそこから出てきているらしい。

そのまま湿地の奥に進んでいくと、従魔師の女――29番がいた。

「やっぱり君の仕業か」

「私はあなたに会った覚えがないけど……そうか、あなたが諜報員のマルコね。捕まった時に尋問を受けたら、みんなが私の故郷を知っていて驚いたわ。あなたが私の出自を突き止めて、尋問官に伝えたのね」

「ああ、そうだよ」

「ホブゴブリンを従魔にしてるなんて珍しいじゃない」

29番が秘書ゴブに視線を向ける。

「私は従魔ではないが」

「あら、そう。じゃあ、私の従魔にならない？」

その提案を、秘書ゴブは黙殺した。

29番は無視されたことを怒るでもなく、マルコに視線を戻す。

「私の故郷、どうやって突き止めたの？」

会話を引き延ばし、相手の出方を窺うため、マルコは大人しく答えた。

「君の能力は時間を止めるものだって、ライルくんから聞いたんだ。そこを糸口にね」

「時を止めるだなんて……そんなこと、簡単にできたら苦労しないのだけど」

一度言葉を切った29番が、また口を開く。

「私の一族はね、命を代償に時の流れを遅らせる力を持つの。その力で、瘴気の封印を維持してきたわ。代償にする命はなんでもいいから、人によっては羨《うらや》ましく思う能力かもしれないわね」

命――魔物を使った儀式を行って封印を維持するのが、瘴気封印の地の一つ、北の凍土《とうど》のやり方だった。

強くて格の高い魔物であるほど、時の流れは遅くなる。

「ようは生贄《いけにえ》を捧《ささ》げていたわけだけど、あの人たちにも倫理観《りんりかん》と罪の意識はあってね。封印の維持に捧げるから、自分たちの食事では命を奪わない……つまり、肉と魚は食べなかったの」

「あの人たち」という他人行儀《たにんぎょうぎ》な言い方に、マルコは引っかかりを覚えた。

それを顔には出さず、会話を続ける。

「やっぱり君は、自分たちの命を捧げて封印を守った北の凍土の生き残り。一族の力を継ぐ、最後の一人なんだね？」

マルコが言うと、29番は不敵な笑みを浮かべた。

「生き残り？　一族の力を継ぐ？　違うわ、私は村で一番の出来損《できそこ》ないよ……まあ、冥途《めいど》の土産《みやげ》に教えてあげてもいいでしょう」

そして小さくため息をつくと、語り始める。

「私にはみんなと同じ、時の流れを遅くするスキルが発現しなかった。理由は今でもわからないけど……一族は亡き母が隠れて肉を口にしたからじゃないかって噂していたわ。私は屋根裏部屋に閉じ込められて、『スキルが発現しますように』っていつも祈りを捧げていた」

そこで一度言葉を区切った29番は、何かを懐かしむような表情を見せた。

「そんな状況だったから、生き物の気配には敏感になったの。そしてある冬に出会ったわ。怪我をして迷い込んだ小さな白虎――リンクに。生贄にされそうになって、必死で逃げてきたのよ」

その時期、北の凍土は瘴気の封印が急激に弱まっており、瘴魔が出現するようになっていた。

しかし厳冬《げんとう》のため魔物が見当たらず、封印を維持する儀式が満足に行えていない状況だった。

リンクはそんな中で見つかった、大切な生贄だったのだ。

「初めて会った時のリンクの顔は、今でも忘れられないわ。憎しみに満ちた目で『お前も俺を殺そうとするんだろう』って言わんばかりだった。すぐに村の人がリンクを捜しに来た。だけど私は彼を隠したの」

「一人が嫌だったからかい？」

「そうかもね……とはいえ、あの時はリンクと友達になれるなんて思ってもいなかった。助けたかったからそうしただけ」

まだ幼く怪我をしているとはいえ、リンクは魔物だ。子どもだった29番が一人で相対すれば、殺されてもおかしくない。

しかし村人が去ったあと、リンクは彼女を訝《いぶか》しげに見るだけで、襲ってはこなかった。

「だから、運命だったたって今は思ってるわ。従魔師と魔物との出会いって、たいていそういうものでしょ?」

自らの従魔、ウーちゃんとの出会いを重ねたマルコは、29番の言葉に首肯した。

なぜか、秘書ゴブも納得顔で頷いていることを不思議に思いつつ、話の続きを促す。

「リンクとはどうやって仲良くなったんだい?」

「私のご飯を分けてあげた、ただそれだけよ。リンクは見た目こそ虎のようだけど、別に肉食じゃないもの。あとは傷の治療ね。私はわざと怪我をして、村人から薬を分けてもらったの。リンクって名前は私が勝手に付けたのよ。彼と一緒にいられるなら、一生スキルが発現しなくてもいいとさえ思ったわ」

だが、そんな生活はある日突然終わりを迎えた。

下げられた彼女の食器に白い獣の毛が付いており、かくまっているのがバレたのだ。

「私はリンクを見逃してほしいって必死にお願いした。必要なら外に出て、代わりの魔物を捜してくるって……だけどダメだった。そして言われたのよ。『このままだとお前を生贄にしなくちゃいけなくなる』って」

「君はどう答えたんだい?」

「『それでいい』と言ったわ。『私が生贄になります』とね」

しかし、その願いは聞き届けられず、リンクは連れていかれてしまった。

◆

その日のことを、29番は今でも鮮明に覚えている。

リンクが捕まってすぐ、儀式が行われることになった。

儀式には村の全員が参加する。それは時を遅くする力がない彼女も例外ではない。

生贄を捧げて、その命に封印を守ってもらっている感謝を伝える。それは力の有無に関係なく、村一丸となって取り組むべき事柄だというのが、一族の教えだった。

村中の家から住人が出てきて、広場に集まる。

彼女も手を掴まれて、引きずられるようにして連れてこられた。

儀式に使う大きな円台の真ん中に、リンクは脚を縛られて転がされていた。

この円台は特殊な魔道具だ。村人のスキルの力を一つに集める効果があった。

そうして生贄を代償に、村の奥にある雪山を瘴気ごと氷の中に閉ざすのだ。

全員が揃うと、いよいよ儀式が始まった。

「リンク！　リン、んぐ……」

暴れる29番を村人が二人がかりで押さえる。

神聖な儀式を邪魔させないようにと、誰かが彼女の口を手で塞《ふさ》いだ。

口を塞がれても、29番は懸命にリンクの名を呼ぶ。

すると、どこからか声が聞こえてきた。

『何度も呼ばなくても聞こえている』

村人たちに気付いた様子はない。

自分の頭の中にだけ聞こえているらしい声に、彼女は固まった。初めて聞く声だったにもかかわらず、これはリンクの声だと確信する。

『俺は人間が大嫌いだ。自分たちが死にたくないから、俺を生贄にするくせに。きれいごとばかり並べてる』

言葉の端に心底からの憎しみがにじむ。

『でも、お前は変なやつだったな。人より少ない飯を俺に分けてくれたり、わざと怪我して俺のために傷薬をもらったり……代わりに生贄になるなんて言いやがったりして』

呆れたような言い方に、ほんのわずかな喜びが混じっている。

その言葉に、29番は魂が温かくなるような不思議な感覚を覚えた。

『なんて言えばいいのかわかんねぇけど……まぁ、あばよ』

29番は自分の口を塞ぐ村人の手に噛みついた。

「お別れなんて嫌だ！　リンク！」

村人による拘束から抜けて、円台の中心に向かって走り出す。

一瞬唖然とした様子を見せた村人だったが、慌てて29番を追いかける。

だが、彼女がリンクのところに辿り着くほうが早い。

「来ないで！」

自分を掴もうとする村人の手を29番は振り払う。

その時だった。

村人たちが固まった。

29番に向かって走り出そうとする者、拳を振り上げる者……直前に払いのけた村人を含む、全ての住人の動きが制限されている。

29番とリンクだけが無事だった。

『お前、その力は……』

「私？　わかんないけど、早く逃げないと」

リンクを助けるために無我夢中だった29番は、知らず知らずのうちにスキルを開花させていたのだ。

一人の腰から短剣を奪った彼女は、リンクの手脚の縄を切ろうとする。

誰もが体を動かせない中で、村長が悲鳴を上げた。

「生贄を逃がしてはいけない！　もう儀式が始まっておる。円台の中心に生贄がいないと、我々全員が生贄になってしまうのじゃ！　やめておくれ！」

「……一族から生贄を出したことはないの？」

29番が聞くと、村長は苦しそうに答えた。

「大昔は村人を四年に一度捧げていたそうじゃ。祖先がこの円台を作り、悪習を断つまでは」

「どうしてリンクが代わりにならなきゃいけないの?」

質問する間に、リンクの前脚の縄を切った。

「生き物を殺し、糧にして生きる。それがこの世界じゃ。弱肉強食の理なのだ。わかってくれ……」

29番は手を止めて、「そっか」と呟いた。

村人の顔が明るくなったが……

「じゃあ、みんなは食べられる側になったのね」

後ろ脚の縄を切ると、小さなリンクを抱えて、村のみんなを見渡した。

「みんなの犠牲で封印は百年くらい保つと思います。どうもありがとう」

人間一人が生贄になることで四年、村人は三十人以上いるから百年は余裕だという、子どもらしい単純な計算だ。

29番の心からの感謝は、村人を絶望させるのに十分だった。

村人は泣き叫び、罵詈雑言《ばりぞうごん》を彼女に浴びせる。

しかし、彼女の心にその声は届かない。

29番は『リンク、もう大丈夫だよ』と【念話】で伝えると、円台を下りて村の外へ走り出した。

◆

「たくさんの生贄のおかげで北の凍土の封印は強固になったの。封印が強すぎて村も含めたあたり一帯が、みるみる凍《こお》っちゃったみたいだけどね……動きを止めるスキルに目覚めたけど、人――生き物の動きを止められたのは、あの時だけだったわ。今も使えたら、あなたを始末するのも楽でしょうに」

笑顔で語る29番に、マルコは冷や汗を流しながら問う。

「どうして封印を守った君が、今は瘴気の解放に力を貸すんだ？　世界を恨んでいるのかい？」

「封印を守った」と、29番を肯定する言葉を選ぶ。

「世界も、村の人も恨んでないわ。仕方ないのよ。みんな一生懸命生きているだけなんだから。弱者にも強者にも言い分がある。違う？」

真意がわからず、マルコは黙って続きを待った。

「封印を守ったのは、私じゃなくて村のみんな。世界を守るなんて、出来損ないの私にはできないわ。私のスキルは物体の動きを止めるだけ。その代わり代償もいらないし、私の言葉一つで簡単にスキルを解放できる。私はね、この力で弱いものの願いを叶えてあげたいと思ったの」

あたりを覆いつくさんとする魔物の群れを眺めて、さらに続ける。

「みんな願いを持ってる。お腹いっぱい食べたい、強くなりたい、子孫をたくさん残したい……私はそれを手伝うの」

マルコが眼差しを鋭くした。

「君はそうやって従魔と契約を交わすんだね」

「そうよ。従魔だけじゃないわ。仲間の願いには力を貸したい」

「そのためなら、他人は利用して捨てるのかい？　アビスペルみたいに」

マルコが29番たちが使い捨てにした少年の名を上げると、彼女は頬を緩《ゆる》めた。

「アビスペル！　懐かしいわ。彼はとても可愛かった。私のこと、実のお姉さんみたいに慕《した》ってくれて……不器用な子だったけどね」

「なのに口封じを？」

二年前の課外実習において、アビスペルはワイバーンを暴走させた。その事件の最後に、29番たちは彼を殺害しようとしたのである。ライルが機転を利かせなければ、間違いなく彼は命を落としていただろう。

「だって、私たちの企みがバレたら、みんなの願いを叶えられなくなってしまうから。それはいけないわ。真実を知らないまま死ねて、彼も幸せだったと思う」

アビスペルが生きていると、彼女は知らない。

ただ、人を殺したことを、なんの迷いもなく口にした。

彼女に悪意はないのだ。本心から、そう思っている。

それだけに厄介な相手だと、マルコは思考を巡らせた。

「瘴気の封印が解けた今、こうして魔物を王都へ向かわせるのは、誰の願いを叶えるためなんだい？」

「リンクの願いよ。さっきも言ったけど、私は世界を恨んでいない。最後は瘴気に包まれてみんな一つになるんだから。でもね、リンクは違う。彼は憎しみから生まれた子。その恨みを晴らすことが、存在理由なの」

瘴気に包まれて一つになる……おそらく彼女たちの破滅的な生き方は、この考えが根底にあるからなのだろう。

「この戦いが最後だと思っているからかしら。長々と思い出話を語ってしまって――」

空を見上げた29番が言葉を止めた。

「……そういうことか。私の故郷を突き止めたあなたが、故郷の封印が強くなった原因を知らないはずなかったわね」

29番の言う通り、マルコは彼女の過去について察しがついていた。もちろん、北の凍土の結界がどうして強くなったのかも予想できていた。

知らないふりをしたのは、戦う前に、少しでも彼女の人となりを知りたかったから。

そして何より時間を稼ぎたかったからだった。

上空から、銀狼に跨った一団がこちらを目指して駆けてくる。

『鋼鉄の牛車』を中心にした、冒険者たちだ。

さらにその後方には、百獣サーカス団の団員たちもいる。彼らは自らの巨大な従魔に頼んで馬車を引かせ、戦力を運んでいた。

「商人は嘘吐きがなるもの……トーマスの言葉を心に留めておくべきだったわ」

29番がため息交じりに言った。

その時、ゴンゴンッという音が彼女の後方にある沼から聞こえてきた。

そして、大きな箱が浮かんでくる。

29番が【グラビティ】を使って箱を引き上げた。

箱の中には、頭に甲羅《こうら》のような殻《から》を被ったネズミの魔物――メットラットが大量にいた。

「この沼……ベマルドーンと繋げているのか！」

「正解よ、さすがね」

今回の魔物の大量発生――スタンピードは、厳密にはスタンピードと呼べるものではない。

突然出現した魔物たちは、この湿地を隠れ蓑《みの》にベマルドーンから密かに運ばれてきたのである。

人為的に繁殖させた魔物の大群というのが、この一件のからくりだった。

「おかしいと思ったんだ。魔物の中に、このあたりでは見かけないものがいたから」

その話に秘書ゴブが首を捻《ひね》る。

どうやら彼とシンシアは、作戦を聞かされていなかったようだ。

「確かに、ベマルドーンでは一部の魔物を食用に飼育しています。ですが、これほどの数の魔物の用意するのは――」

「ええ、ベマルドーンが連れてきた魔物だけでは難しいでしょう。しかし、この魔物の群れの中には黄昏の峡谷やその周辺に生息している魔物もいます。安定した暮らしをしているそこへ、突如、自分たちを捕食しうるものが押し寄せてきたら？」

「逃げ惑いますね……なるほど。この女は逃げる魔物が王都を目指すように、群れの長に指示を出して追い立てているということですか」

秘書ゴブの推察に、29番は「正解よ」と首肯した。

「だけど、それもおしまいだ」

上空から声が降ってきた。

声の主……アスラは、ここまで自分を運んできたシリウスと一緒に地面へ下りる。

続いて、パメラとクラリスがマサムネと共にやって来た。

シリウスとマサムネは即座に【人化】し、戦闘態勢をとった。

他の冒険者やサーカス団の面々は、29番の捕獲に向かわず、そのまま魔物の群れの撃退に行っている。

「今まで放った魔物たちは、王都手前で待機している連中とこっちに来た俺たち冒険者とで挟み撃ちにして倒す。【瘴魔化】される前にな」

アスラの言葉に、29番は失笑した。

「これを見ても、そんなことが言えるかしら？」

29番がそばの林に【ファイアアロー】を放つ。

燃え盛る林の中から、大量のゴブリンが現れた。

ただのゴブリンもいるが、大型の上位種の方が多い。

「これは最後のとっておきだったけど……仕方がないわね」

「おかしいですよ。あの炎の中で、平然としているだなんて……群れのリーダーが理性的な個体だとしても、多少は怯《おび》えるはずです」

クラリスの疑問に答えるかのように、その全貌が明らかになる。

「ゴブリンって単純だけど、魔法や道具を使えるわ。いいもの与えれば、与えただけ強くなってくれるのよ」

「ははは……確かに装備の性能を完全に引き出せなくても、こんな上等なものを身に着けていたら、多少の炎は怖くないだろうな」

29番の言葉に、アスラは引きつった笑みを浮かべた。

ゴブリンたちは全員、ミスリルや魔石が使われた装備を身に纏っていた。中にはオリハルコンがあしらわれた装備もある。

ただ上位種であれば余裕で倒せたであろうアスラたちだが……ここまで高品質な装備を用意しているとなると、そう簡単にはいかない。

秘書ゴブが手を叩いて称える。

「素晴らしいですね。これだけ理性的な群れを作り上げるとは」

「あら、わかってくれる？　私ならあなたの願いだってきっと叶えてあげられるわ」

無邪気に問う29番に、「そうでしょうね」と秘書ゴブが答えた。

「私も自ら群れを率いたことがありました。ですが、ゴブリンは我慢がききません。すぐに無理だと諦めました。それを実現したあなたには、とても興味があります」

アスラたちが警戒を一気に高める。

「どうやって作ったか、教えてあげましょうか？」

「いえ、今までの話から大方の方法は予想がつきます。好き放題させたのでしょう？ たくさん食料を与え、性欲が尽きるまで交尾をさせ、そして殺し合わせる……【共食《ともぐ》い】により、上位個体を作り出した。あとはあなたがキングと【契約】すればいい、というわけですね」

「そういうことよ……だけど、ちょっとだけ不正解」

勝利を確信しているのか、29番が余裕の笑みを浮かべた。

「この群れの長を紹介しましょう。彼の称号は【キング】ではなく、【エンペラー】。精鋭部隊を率いるのに、ふさわしい称号でしょ」

29番が見つめる先には、ひときわ大きなゴブリンがいた。身に纏ったオリハルコンの鎧が、燃え盛る炎と碧月の光を浴びて、怪しく輝いている。

「ねぇ、あなたも一緒に行きましょう！ どうせ遅かれ早かれ、世界は瘴気に満たされるの。だったらあなたも願いのために生きるべきよ」

「私の願い……そうですね」

そう言った秘書ゴブが、沼の向こうに向かって歩き出した。

「行ってはダメ！ あなた、シンシアの協力者なんでしょ？ シンシアの役に立つことがあなたの願いじゃないの？」

声を上げるパメラに、秘書ゴブが振り返った。

「それは違います。私と彼女は、目的が一致していたので協力していただけ」

パメラを見る秘書ゴブの目が、鋭くなる。

彼は身を翻し、歩みを進めた。

秘書ゴブを止めようにも、29番がメットラットを仕向けてきたため撃退に手間取ってしまう。

やがて、秘書ゴブが未だに燃える林に辿り着いた。

普段は火傷痕《やけどこん》を隠している自らの仮面を外す。

「実はあなたたちには、私の群れを全滅させられた借りもありましたしね」

投げられた言葉に、アスラたちは驚愕する。

「まさか、そんな――」

秘書ゴブは答えず、エンペラーの前に忠誠を誓うかのように跪《ひざまず》き、足に触れた。

その瞬間だった。

エンペラーの体が、みるみると縮み出す。

嬉しそうに秘書ゴブの離反を見ていた29番が、動揺して叫んだ。

「なっ、エンペラーに何をしたの！」

秘書ゴブは懐から素早く魔道具の杖を取り出し、振るう。

林の炎が彼の頭上に収束し、細いレーザーのような光線が放たれる。

そして、鎧の隙間からエンペラーの胸を貫いた。

「どうせホブゴブリン風情が何をしようと、大したことはできないと油断していたのでしょう？　ですが、私にはシンシア様から学んだ技術がある」

その言葉に、クラリスが反応する。

「まさか、あなたも術式の付与ができたんですか⁉」

「えぇ。彼女が【ファイアアロー】を放ってくれて助かりました。しかし私の【神速演算《しんそくえんざん》】とシンシア様の【演算狂《えんざんきょう》】では、演算速度に天と地ほどの差がありますので……皆様には、少し時間稼ぎも兼ねて雑談を振らせていただきましたが」

「じゃあ、私たちとあなたの群れが戦ったという話は？　あれも嘘なのですか？」

「いいえ、あれは本当の話です」

秘書ゴブは頷いた。

「今から六年ほど前のことです。私の群れは聖獣様の森にありました。それなりに大きな群れになったある日、愛しきお方の気配を察知した私は、一目その姿を見ようとゴブリンを偵察に行かせたのです。ところが……」

顔をしかめた秘書ゴブが、恨めしそうにパメラを見た。

「あなたがあまりに魅力的だったからでしょう。偵察に出したゴブリンが欲情し、あなたがたを襲おうと近づいたのです。結果、皆さんにはご迷惑をおかけしました……個人的な意見になりますが、神聖な森をそのような破廉恥《はれんち》な格好で出歩かないことをおすすめします」

かつて『鋼鉄の牛車』は、洗礼の儀に向かうライルたち家族と王家の人々を護衛した。

その道中でゴブリンが複数接近してくるのを発見し、返り討ちにしたのである。

「……まるで私のせいみたいに言わないでよ」

パメラは不本意そうに言いながら、羽織っているローブで胸元を隠した。

「……失礼しました。やつあたりですので、お気になさらないでください。あなたのせいではありませんよ。私の統率が未熟だったことが原因です」

「待ってくれ、俺たちはあのあと、ゴブリンを一匹残らず殲滅《せんめつ》したぞ？　あんたは洞窟《どうくつ》に待機していたようだが、あそこから逃げたって言うのか？　ライル様と一緒にいたが、逃げられるような状況じゃなかったぞ」

シリウスから質問が飛んだ。

「私は【擬死《フェイクデッド》】により、死体の山に隠れていました。気付かないのも無理はありません」

「なるほど、それはまた珍しいスキルをお持ちですね」

マルコの言う通り、【擬死】は一時的に仮死状態を装う珍しいスキルだ。

暗殺や諜報を生業とする者しか習得していない。

ちなみに、マルコはそのさらに上位である【擬死者《フェイクアンデッド》】という気配を完全に消しながらも、行動できるスキルを持っていた。

マルコの言葉に、秘書ゴブは「いろいろと特殊な境遇なものですから」と返した。

「まさかあんたの火傷は、ライル様が最後に放った火によって――」

「はい。いただいたものです。彼こそ、我が愛しきお方なのですから」

シリウスの質問に、秘書ゴブが火傷痕に触れながら笑った。

「本当はあなたが率いる銀狼たちにも負けないような群れを作ってから、堂々と『従魔にしてほしい』と申し出るつもりでした。しかし、私ごときの力では……」

秘書ゴブの表情が、悔しそうに歪《ゆが》む。

再び仮面をつけると、無表情に戻り、呆然としていた29番に視線を向ける。

「この群れは本当に素晴らしいですね。望みを叶えるなどという建前で、子作りと共食いを繰り返すなど……あまりにも自然の摂理《せつり》に反した残酷な行いだ。かつて群れを見捨てた私でさえ、そんな真似はできない」

侮蔑《ぶべつ》の笑みを送られて、ハッとしたように秘書ゴブを睨む。

「どういうことよ！　エンペラーが倒されたら、称号は群れのナンバー2に継承される。継承できる個体がいなければ、統率を失ってみんな暴れ回るはずなのに！　なんでみんな動かずに立ち尽くしているの!?」

「ユニークスキル【冠《かんむり》の簒奪者《さんだつしゃ》】。このスキルはゴブリン種の長の称号を奪うことができるのです。かつての教訓から、称号を盗んだところで私には使いこなせないと思っていましたが……【エンペラー】の統率力は、【キング】の比ではないようですね。わざわざ一芝居打って近づいた甲斐《かい》がありました」

そう言って、秘書ゴブが顔の前に杖を構えた。

立ち尽くしていたゴブリンたちが、新たなリーダーと同じように剣や杖を持ち直す。

その姿に、29番は青ざめた。

「【召喚】、リンク！」

口に麻袋《あさぶくろ》を咥《くわ》えたリンクが29番の前に現れた。

さらに彼女は、絶命寸前の元エンペラーも自らのそばに【召喚】する。

「ごめん。予定通りにいかなかった。あなたの願いを叶えたかったのに……」

「別に期待していなかった。それよりこれだ。ゾグラから受け取ってきたぞ」

風魔法で答えたリンクが、麻袋を渡した。

29番が【亜空間】から八本の爪が付いた蜘蛛《くも》のような形の魔道具を出して、背の部分を開ける。

そして、麻袋から取り出した小さな石を流し込んだ。

思い通りにはさせるまいと、マルコが魔道具めがけて【ファイアボール】を放つ。

しかしリンクが割って入り、火球を前脚で弾いた。

「まだ生きたい。それが今のあなたの望みね」

29番が元エンペラーのうなじに魔道具を付けた。

魔道具の爪が肉体に食い込み、元エンペラーが苦しみ出す。

「失敗作の瘴魔石はね、ちょっとずつ体内に取り込まなきゃいけないから、【瘴魔化】させるのにすごく時間がかかるの。でも、ノモッコ卿に開発させたこの魔道具なら……」

「ぐぎゅおぉぁぁぁぁぁーーー‼」

おぞましい悲鳴と共に、瘴気が元エンペラーの体を包んだ。

あっという間に肌が灰色に変色し、牙が長く鋭く伸びる。

秘書ゴブに称号を取られて縮んだはずの元エンペラーは、凄まじい巨体になった。

殺されかけた怒りからか、近くにいた秘書ゴブへ襲いかかろうとする。

「こちらは私に任せてください。皆さんは彼女と白虎の拘束をお願いします」

秘書ゴブは他のゴブリンたちと共に、攻撃を防いだ。

その光景に、29番は苦虫を噛み潰したような顔になる。

「本当は眷属も【瘴魔化】させるはずだったのに……」

「瘴魔を使って多くの人を苦しめる……それが、リンクの願いを叶えるために君がやりたいことなのかい?」

「そうよ」

マルコの質問に、29番は躊躇《ためら》いなく答えた。

その隣で、当のリンクは顔をしかめて言う。

「ここで、こいつらを殺すぞ」

こうして黄昏の峡谷の戦いは始まった。

◆

一方、王都では王太子妃のヒルダが避難民の集まる王立学園に向かっていた。

聖武大会に現れた首なしの騎士と複数の瘴魔をきっかけに、避難を余儀なくされた観客たち。王都の住民も続々と学園にやって来ている。

すでに首なし騎士は制圧し、瘴魔も撃退したと発表したが……聖獣祭が中止となり、今なお避難指示が解除されないことに、人々は不安を募《つの》らせているに違いない。

王家の一員として、ヒルダには民を安心させる責任があった。

瘴気の封印が解けたこと、ライルが倒れたこと……相次ぐトラブルについては、道中で臣下から報告を受けている。

愛娘が攫われた不安を微塵《みじん》も見せぬよう表情を引き締めた時、馬車が学園の前に着いた。

馬車を降りた彼女は、民たちを安心させようと前を向き……唖然とした。

なぜなら、彼女が想像していた光景と全く違う景色が広がっていたからだ。

学園では、まだお祭りが続いていた。

屋台の食事を楽しむ人、従魔と一緒に追いかけっこをする子ども、得意げに魔法や剣術を披露《ひろう》する学園の生徒、聖武大会の思い出話に花を咲かせる観客……

明るく賑やかな光景は、ヒルダの緊張を束の間緩めた。

しかし、すぐに負の感情が湧く。

ロッテやライルが窮地に陥っているというのに、ここにいる者はなぜ楽しそうなのだろう。

ヒルダの心が妬みと悲しみに支配されかけた時だった。

「ヒルダ様！」

そう呼んで彼女に駆け寄ったのは、娘と同じクラスの女子生徒——フローラだった。

「シャルロッテさんは無事ですか？　何かあったんじゃ……」

「え？」

何も知らないはずの彼女が、なぜロッテの心配をしているのか。

ヒルダは、フローラを追ってきたアサギに視線を向ける。

アサギは「私は何も言ってない」という意味を込めて、首を横に振った。

「さっき、彼女がライルさんを呼ぶ声が聞こえた気がしたんです。そう感じたのは私だけじゃありません。四年生のみんなと、先生たち。他にも何人かいました」

フローラの言う通り、ロッテは体を奪われる瞬間、ライルの名を叫んだ。

もちろん、王城との距離を考えれば、ここまで聞こえることなどありえない。

しかし助けを求めるロッテの声は、同級生や教師たちにも届いていた。

「『ロッテちゃんのところに行こう』って言った子もいたんです。でも多分、それは私たちがするべきことじゃないから……」

フローラの言葉に、ヒルダはハッとして今一度学園を見渡す。

この楽しげな景色は、生徒たちの努力の賜物《たまもの》だったのだ。

食事を用意し、小さな子どもの相手をし、芸を披露して……避難した人たちが不安にならないように、それぞれができることに努めているのだ。

ヒルダはそれを見誤った自分を恥じた。

(王家として民を守らねばなど、いつのまにか傲慢《ごうまん》に考えるようになったものね。いつだって支えられているのは、自分たちだというのに……ましてや、この未曾有《みぞう》の危機。皆の協力なくして乗り越えられるはずがなかったわ)

ヒルダは覚悟を決めて、民の前に立つことを決めた。

学園の広場には、避難していた人々が集められた。

ヒルダは壇上に立ち、今起きていることを包み隠さず明かすことにした。

聖武大会で起こった事件に、旧世界の光の使徒ガブリエルと王家の契約。

創世《そうせい》の真実と世界樹の汚染《おせん》……今この世界を襲う危機についてさえ、掻い摘んで語る。

そしてルキフェルにロッテを奪われ、瘴気の封印が解かれたことも。

衝撃の事実の数々に、皆戸惑っているのだろう。広場にざわめきが広がる。

当然、理解が追いつかない様子の者もいた。

群衆の一人が悲鳴を上げる。

「おしまいなんだ……世界はもう……」

「そんなことない！　瘴気の時代だって、英雄が世界を救ったんだ！　今回だってどうにかなるよ！」

英雄オタクのテッドは、持ち前の英雄愛で不安を跳ねのけた。

「せめて子どもたちだけでも逃がすことは……」

保護者の一人が心配そうに提案する。

「残念ながら、そういうわけにもいかないのです」

そう言って広場に入ってきたのは制服を着た少女――ゼフィアだ。

「リーナ生徒会長だ！」

「生徒会長が来たよ！」

生徒たちが口々に叫び、安堵の表情を浮かべる。

ある事情から、精霊であるゼフィアは人間の友人……リーナ・コラット・コラットのふりをして七年間学園に通ってきた。

生徒の歓声は、ゼフィアが生徒会長として信頼を勝ち取ってきた証だ。

彼女の背後を見て、人々がざわめく。

「職人ギルドで働いているバルカンとアーデがいるぞ」

「あちらの水の精霊、前に従魔術の授業で来てくれたエレインさんよ！」

「あぁ、ライルの従魔だ」

壇上を目指して人混みをかき分けて進みながら、ゼフィアは状況を説明する。

「現在、黄昏の峡谷方面から、魔物の群れが王都に向かってきています。こちらの対応のため、マテウス様が騎士団を率いて出陣されました。幸い、進行方向に町や村はないようですが……近隣町村への避難勧告は、すでにルイ様が行いました。王都を捨てて逃げるのは、現実的ではありりません」

「……コラット家のご令嬢とはいえ、どうしてそんな情報を一生徒が知っているんだ？」

避難民の一人から質問が上がった。

壇上に辿り着いたゼフィアが、キョロキョロとあたりを見回す。

そして目当ての存在――リーナの父、コラット伯爵を見つけた。

ゼフィアの視線にコラット伯爵は頷き、小さな声で「君のすべきことを」と呟く。

風の精霊である彼女は、その言葉を確かに聞き遂げた。

壇上に上がり、ヒルダの隣に立つ。

「私は学園の生徒会長、リーナ・コラット・コラットとして振る舞ってきました。しかし――」

ゼフィアの体が緑の光に包まれた。【人化】を解き、精霊としての本来の姿……幼い女の子の姿になる。

そして話を続けた。

「私の本当の名はゼフィア。私たちは聖獣アモン様とその主人ライル様に仕える、聖獣様の森の元素精霊です」

ゼフィアがリーナのふりをしていた理由を簡潔に説明する。

とはいえ、いきなりの告白に民は混乱しきりだ。

しかし意外にも、生徒たちは冷静に話を聞く余裕があった。

さすがに生徒会長が精霊だったことは驚いたが……アモンとライルの強さを何度も目撃している

生徒たちにとって、彼が聖獣の主人であるという事実は納得できる話だ。

ゼフィアはライルが倒れたこと、彼を助けるべく、アモンと森の民の村の長の座を辞したシャリアスが、不死鳥の島に向かったことを伝える。

「今、バーシーヌには聖獣様のご加護がないのか⁉」

「シャリアス様までご不在とは……」

民の嘆きを聞き、エレインも壇上に上がった。

「いいえ！　アモン様のご加護は、未だにこの地にあります！」

彼女は大きな水鏡をいくつも作ると、ヒルダに小声で何かを耳打ちした。

ヒルダが首肯したのを確認し、水鏡に各地の様子を映し出す。

聖獣の森で瘴魔と戦う銀狼や森の魔物たち、空を飛ぶ瘴魔を阻む古龍の山脈のドラゴン、そして死霊魔術士が操る骨の怪物と対峙する『瞬刻の刃』……そこに映ったのは瘴魔の進行を阻もうと奮闘している、仲間たちの姿だった。

「おい、『瞬刻の刃』の近くに首なしの騎士がいるぞ！　倒したんじゃなかったのか？」

「いや、なんか様子が……騎士のそばに浮いている生首ってジーノ様に見えないか？」

呆然と映像を見ていた民の間から、疑問が噴出する。

混乱するのは生徒たちも同様だ。

「あそこに映っているの……あの片腕の戦士は、アビスペル先輩にそっくりだ！　嫌な先輩だったから覚えてる！」

ヒルダが口を開く。

「姿は変わってしまいましたが、ジーノは魔物となって生きています。そしてこの学園の生徒だったアビスペルも。彼もまた、闇の使徒、ルキフェルの企みによる被害者でした。今回の事件は、何年も前から緻密に計画されていたのです」

彼らの生存に皆が驚く中……学園の外を警備していた騎士が、慌てた様子で広場に入ってきた。

「王太子妃様、緊急事態です！　古龍の守りを抜けて、空から瘴魔が王都に――」

その時、上空に一羽の大きな怪鳥《かいちょう》が現れた。

(羽が瘴気を纏っている……瘴気をまき散らす前に、早く対処しないと)

そう考えたシオウは『アサギ、説明任せた』と双子の片割れに【念話】を送り、飛び出した。

あたりに閃光《せんこう》が走り、一同が眩しさに目を瞑る。

けたたましい悲鳴が響いた。

目を開けると、そこには怪鳥の首に食らいつく黄色のドラゴンの姿があった。

テッドが目を輝かせる。

「シオウだ……！　なぁアサギ、そうだろ⁉」

「えぇ」

直感的に気付いたテッドの言う通り、シオウが【完全人化】を解き、本来の姿に戻って怪鳥を倒しに向かったのだ。

アサギは彼の言葉を肯定しつつ、みんなの前に立つ。

「私もシオウも、ライル様に卵から育てられたドラゴンなの」

そして、隠してきた秘密を打ち明けた。

「……皆さん、ずっと戦ってきたんですね。ライルと一緒に」

一人の生徒がそう言うと、エレインは首を縦に振った。

「そうです。このような日に備え、ライル様は己を鍛《きた》え、戦力を蓄《たくわ》えてきました」

エレインのその話しっぷりに、ゼフィアは密かに感心する。

ライルやアモン、自分たち精霊でさえ、今日のトラブルは想定外だ。だが、そんな様子は微塵も感じさせず、迷いなく言い切った。

「ライル様とアモン様がご不在でも、森にもこの国にも、ご加護はあります！　ですから、憂《うれ》うことなどありません！」

エレインの発言を受けて、ライルのクラスメイトであり獣人のフローラが進み出た。

「私たちも一緒に戦います」

それを見て、父親のラピアンヌ伯爵が慌てて、駆け寄る。

「馬鹿を言うな！　子どものお前ができることなんて――」

「危ない！」

ラピアンヌ伯爵の言葉を遮り、誰かが叫んだ。

大きな瓦礫《がれき》がフローラたちに向かって吹き飛ぶ。

シオウと怪鳥の戦闘の余波で、学園の一角が崩されたのだ。

「D2班、防御準備！」

フローラの号令を受けて、四人の生徒が手を宙に掲げた。

彼女自身も手を上げると、魔法を放つ。

「「「【アクアタリスマン】」」」

五点を結ぶ、青く透き通る防御壁が展開され、瓦礫を防ぐ。

「咄嗟の判断で、【合体魔法《ユナイトマジック》】を使っただと……!?」

「王宮魔法師団並みの練度じゃないか?」

子どもたちの実力に、保護者は驚愕する。

ラピアンヌ伯爵も開いた口が塞がらない。

「降りかかる火の粉から、身を守る術《すべ》はわかっています。各ギルドとも人手が足りない今、自分にできることをしたいのです」

情報が錯綜《さくそう》する中、フローラは正確に事態を把握していた。

「学園長が今もギルドと連絡を取り続けてくれています。だから、王都の状況は他の生徒も知っているんです……それに、耳がいい先生が王都を駆けまわってくれましたから」

彼女の視線の先に皆が目をやる。

狼人族《ろうじんぞく》の血を引くイゾルドが、「バウッ！」と短く吠《ほ》えて一礼した。満月の影響を受けて、狼男のような姿に変化している。

イゾルドは避難できずにいる子どもがいないかと、対象の感情を嗅《か》ぎ分ける自らのユニークスキル【気色《けしき》の臭覚《しゅうかく》】で捜しながら、王都中を確認して回った。

その際、持ち前の耳の良さを活かし、情報も集めていたのだ。

「彼らはまだ子どもですが、人の役に立ちたいと願い、それを実行できるだけの力があります。王都内の物資の輸送や怪我人の手当など、できることを任せてみませんか。もちろん、生徒のことは我々教師が命に代えても守ります」

別の教師が頭を下げると、イゾルドたちもならった。

「フローラ、マテウス様が出陣された今、私たちも行かねばならぬ。守ってはやれぬぞ」

「大丈夫。仲間がいますわ」

ラピアンヌ伯爵が娘の成長に微笑む。

「私に似て怖がりだと思ったのに……いつの間にか強くなったな」

「何もできずに、ただ祈っているだけの方が、よっぽど怖いもの。それに――」

フローラは制服を摘み、普段は隠している獣の特徴が残った足を露《あら》わにした。

「私にはこの足がある。駆け回るだけならば、イゾルド先生よりも速いの」

獣の特徴が残った足は、フローラのコンプレックスだった。

小さい頃は「こんな足じゃ可愛い服が着れない」と泣いて、父親を困らせていた。

それを武器に変えようと思えたのは、フローラが獣人であっても気にせずにいてくれたクラスメイトたちのおかげだ。

「お父様、ありがとう。強い足を授けてくれて」

そう言って彼女は、指示を出す先生のもとへ駆け出した。

（ここはもう大丈夫ね）

確信したアサギは、【完全人化】を解いて、本来の姿に戻る。そして翼を広げた。

怪鳥はすでにシオウが白雷《はくらい》で焼き尽くしたものの、いつ次の瘴魔が来てもおかしくない。それをわかっているから、シオウもずっとドラゴンの姿で警戒しているのだ。

「アサギちゃん！」

飛び立とうとするアサギに、仲良しのグレタが声をかけた。

「全部が終わったら、絶対、新しくできた激辛鍋《げきからなべ》のお店に行こうね！」

グレタが口にしたのは、今日一緒にサーカスを見に行った時に交わした約束だった。

アサギは周囲を見渡す。

そこには手を振ったり、親指を立てたりして、見送ってくれる友達がいた。

「気を付けてね！」

みんなの声援を受けて、アサギは『行ってきます！』と咆哮《ほうこう》し、大地を蹴った。

◆

エレインの【聖なる海道】に入った僕――アモン。

百メートルくらい走ると、すぐに出口の光が見えた。

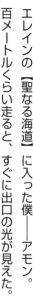

僕は出口を通り抜けた。到着したのは林の中。

もしかしたら水中に出るんじゃないかって心配してたから、ちょっと安心だ。

近くを小川が流れている。僕はここから出てきたみたいだ。

「フェル、ありがとう」

僕がお礼を言うと、フェルが白炎の領域を解除した。

ちょうどその時、川の水が渦をまいて浮き上がり、大きな水球を作った。

あっという間にそれが弾ける。中から、シャリアスが現れた。

ライルを助けに行くために、【精霊化】のスキルを使ったシャリアス。

大きく見た目が変わったわけじゃないけど、なんだか雰囲気が変わった感じだ。

「前よりもっとかっこよくなったね」

僕の言葉に、シャリアスは「ありがとう」とニッコリした。

「ここが不死鳥様の島なのかい？」

シャリアスに聞かれて、僕はゆっくりと周りを見渡した。

「うーん……前来た時とちょっと雰囲気が違くって、わからない……」

……なんとも言えない違和感がある。

「そんなに大きな島ではないんだろう？　少し歩いてみよう」

シャリアスの提案通り、僕たちは歩き出した。

海に出れば場所がわかるはず。波の音がする方を目指してみよう。

でも、林の中を歩けば歩くほど、僕は変な気持ちになってきた。

前に不死鳥の島に来た時、こんなところを通った覚えはない。

なのに、なんだか来たことがある場所な気がするんだ。

何か目印があれば……

そう思っていたら、大好きな実がなる木を見つけた。

嬉しくなって木に飛びつく。

「初めて見る木だ。知っているのかい？」

「うん、パパイヤだよ！　僕の大好物で――」

そこまで言いかけて、僕は木を揺らすのをやめた。

落ちてきた実に、鼻を近づける。

その実からは、確かに僕が知っているパパイヤの匂いがした。

これはおかしい。だって、この世界に来てから、僕はパパイヤを見たことがないんだから……！

僕はシャリアスを置き去りにして、波音に向かって全力で駆ける。

そして、林を抜けた先でありえない光景を見た。

そこに広がっていたのは、白い雲が浮かぶ青空とエメラルドグリーンの海。

僕と前世のライル……夏目蓮《なつめれん》が住んでいた島の景色だった。

追いかけてきたシャリアスが、首を傾げる。

「アモン、どうしたんだい？」

「ここ……不死鳥の島じゃない！」

「え？」

どうしよう！　僕、日本に来ちゃったんだ。シャリアスまで連れて……！

エレインはライルの前世を知っているけど、向こうの世界にスキルで道を繋ぐことはできないと思う。そもそも、世界の壁を超えるのってとっても難しいと教わった。

ここに来ちゃったのはエレインのせいじゃない。僕のせいだ。

もしかして僕の世界を渡る力が、知らないうちに働いていたの？

帰らなくちゃ。ライルのいる世界に……！

混乱して海に飛び込もうとする僕を、シャリアスが引き止める。

「アモン、落ち着くんだ。まずは事情を――」

シャリアスが言ったその時、フェルが宿る足輪が急に光った。

ビックリして固まっている間に、今度は足輪から炎が出た。

やがて炎は、髪の長い女性のシルエットに変化する。

僕とシャリアスが唖然としていると、その人は「こっちよ」と知らない声で言った。

そして、道を案内するかのように歩き出す。

僕らは訳がわからないまま、彼女についていく。

島の道を海沿いに歩いていくと、崖に出た。

炎の女性が崖下を指差す。

僕たちが崖の上から覗き込んだ途端、突然空が暗くなって、大雨が降り出した。

そこには白衣を纏った黒髪の青年がいて、一生懸命何かをしている。

風が強く吹き始めて、海も荒れ出す。崖のすぐ下まで波が迫った。

このままじゃ、この男の人も危ない。

それなのに青年はぶつぶつと何かを呟いていて、動く気配がないのだ。

一体何をしているんだろう……青年の手元に目を凝らすと、赤くて長い尾の鳥が見えた。

「ルベルス!?」

その鳥は、不死鳥の島を守る火の元素精霊だった。

ルベルスだけじゃない。クラゲの姿の水の精霊サッピルス、豹の姿の風の精霊スマラグダス、象《ぞう》の姿の土の精霊トパゾス……不死鳥の島の元素精霊がみんないる。どうやら怪我をしているようで、なぜか小さくなっていたから、気が付かなかったのだ。

青年は、彼らを手当てしているんだ。

今も何かを言いながら、ルベルスの傷口を押さえている。

僕は風魔法を駆使して青年とルベルスたちを崖の上に引き上げた。

彼らは僕が魔法を使ったことに気付いた様子もない。

「シャリアス！　回復魔法をお願い！」

シャリアスはすぐに【エクストラヒール】をかけてくれた。

だけど回復しないのを見て、何かに気付いたように尋ねる。

「アモン、彼らは精霊だね？」

シャリアスはルベルスたちに会うのは初めてだ。でも、ファミリアスキル【魔力透視《まりょくとうし》】で彼らの体が魔力によって作られていることに気付いたらしい。

僕は、彼らこそが不死鳥の島の精霊だと説明した。

「だとしたら、こうして怪我をしていることがおかしい。精霊の【実体化《じったいか》】は、あくまでも仮の姿を作るものなんだ。回復に専念したいなら、元の姿に戻った方がいい」

言われてみればそうだ。

何かがおかしい……いや違うよ。

そもそも、全部おかしいじゃないか。

蓮と住んでいた島に来たのも、そこに精霊たちがいるのも、フェルの足輪から現れた女性も、怪我の手当てをしている青年も……なんで気付くのが遅くなっちゃったんだろう。

「ねぇ、シャリアス。ここに着いた時、バーシーヌは夜なのにこっちは昼間なの、変だって思わなかった？」

僕が聞くと、シャリアスもハッとした。

「思わなかった……そんなはずないのに」

そう。ライル曰く、この異世界に時差というものは存在しないそうだ。

だからバーシーヌが夜なら、チマージルも夜なはず。

日本の島に転移しているなら、時間の違いはあるかもしれない。でもそう考えると、次はどうして不死鳥の島の精霊がいるの？　という話になってしまう。

僕は改めて青年を見た。そもそも彼は何者なんだろう……？

「ねぇ、君は誰なの？」

問いかけたけど、青年には僕たちが見えていないみたい。

質問に答えず、ずっと同じ言葉を繰り返してる。

「救わないと。それが僕の生かされた意味なんだから。蓮兄ちゃんの分も、アモンの分も僕がしっかり生きないと。救わないと。それが――」

「蓮兄ちゃん」って……まさか！

「もしかして、悟なの？」

かつて僕と蓮が暮らしていた日本の島。そこの村長の孫が、悟という男の子だった。

僕の知っている彼なら、こんなに大きいはずがないんだけど……どことなく、面影《おもかげ》がある。

「悟だよね！　僕だよ、アモンだよ！」

僕は声をかける。だけどやっぱり反応してくれない。

前脚でちょんちょんと触れても、服の裾を咥えて引っ張っても、悟はこちらに気付かないんだ。

「アモン、彼を知っているのかい？」

シャリアスに聞かれて、なんて答えたらいいかわからなくなってしまう。

ライル、前世の記憶があることを家族に隠しているし……どうやって話せば……

すると、じっと僕たちを見守っていた足輪から出てきた女の人が口を開く。

「不死鳥の島は瘴気の封印が解けてしまったわ。それとほぼ同時に、世界樹の枝葉から夢の世界の一部が流れ込み、島全体を包んだの。あなたたちは、不死鳥の島を覆う夢の世界の方に辿り着いたんだわ」

「この地は夢と現実が混ざってしまっているんだね」

シャリアスの問いに、女の人は頷いた。

そっか。夢の中だから変なことに気付くのが難しいんだ。

女の人が悟を見る。

「夢の核になっているのは彼、悟の後悔。自分を助けて、あなたたちが死んでしまったという罪の意識よ」

「そんなこと考えなくていいのに！　僕は生きているし、蓮だって――」

シャリアスの前だと思い出して、言葉を呑み込む。

「それはあなたにとっての真実。あちらの世界に残った悟や、他のみんなは違う」

僕にとっての真実……僕らがいなくなった後、島のみんなは悟と同じように苦しんだの……？

もう一度周りを見る。

よくよく観察したら、ここはあの日、蓮が悟を助けて命を落とした場所だ。

風で荒れる海、崖下にいた悟、それから……一台の軽トラック。

僕が飛び出した助手席の窓は、開いたままになっていた。

「悟の時間は、あの日止まった。彼はずっと後悔を背負い、罪悪感を抱えて生きているの」

自分のせいで僕らが死んじゃったって思いながら、何年も……？

立ち尽くしているとシャリアスが悟の横に移動した。そして声をかける。

「君も大切な人を死なせてしまったのかい？」

シャリアスの言葉に、不意に悟が顔を上げた。そして頷く。

……少しずつ僕たちの存在に気付いているの？

「僕もね、自分のせいで大切な人を死なせてしまったんだ。だから君と同じように苦しんで、悲しんだ。その人の分も、誰かを助けて生きなくちゃってね」

悟は手を止めて、シャリアスの顔を見た。

「だけどそんなことは絶対にできないんだよ。どんなに強大な力を持っても、できることは自分一人分だ。どれだけ多くの命を救っても、どれだけ善行を積んでも……その人の代わりになんてなれないし、罪の意識は消えない。自分で自分を許せない限りは」

「あなたは自分を許せた？」

シャリアスは首を横に振った。

「いいや。それでもね、自分を責め続けてはいけないんだ。罪を犯《おか》したら幸せになっちゃいけないなんてことはない。全ての動機を罪と結びつけてはいけないんだよ。君が誰かを大切に思うことと、君の罪は関係ないんだ」

悟が首を傾げた。

「たとえば、君は失った人が帰ってきたら、この子たちを救うのをやめるのかい？」

「え？」

そう言われて、悟がルベルスたちを見る。

「違う。僕が獣医になりたいのは、動物が好きだからだ。蓮兄ちゃんの墓参りに行った時、兄ちゃんの先輩が来てた。その時兄ちゃんとアモンの出会いを聞いたんだ。いっぱい苦しい動物たちがいるって知って、だから僕は……」

何かを思い出したような顔になった悟が、ルベルスに手を当てる。

すると、ずっと治らなかった傷がきれいに塞がった。そして他の三体の精霊の傷も、あっという間に治してしまう。

気付けば雨は止んでいて、雲の隙間から晴れ間が見えた。

「村長さんが言っていたわ。『悟って漢字には小さなことに気付くって意味がある。だから小さな幸せに気付ける子になってほしくて、この名前を付けたんだ』って」

その言葉で、悟は女性の存在にも気が付いたみたい。不思議そうに眺める。

「あなたは誰？　どうして僕の名前をじいちゃんが付けたって知ってるの？」

「覚えてないでしょう。会ったのはあなたがまだ赤ちゃんの頃だったもの。あなたたちが島に帰るタイミングで、日本に行けたわけじゃないから」

それを聞いて、悟が驚いた顔をした。でも、僕の方がもっとビックリしていた。

この人、どうして悟のことを……僕だって名前の話なんて知らないのに。

足輪から出てきたし、フェルが実体化しているのかな？　ってあんまり気にしていなかったけど、彼女もかなり謎だらけだ。

　そもそもフェルはインフェルノスライムという魔物だ。実体化するなら、出会った時のようにスライムの姿で現れるんじゃ……

　夢と現実が混ざった状態だって知ってから、流しちゃってた。

「後悔するな、悲しむなとは言わないわ。置いていった者には、どうすることもできないもの。だけど、ずっと抱え続けなくていいのよ。幸せが訪れた時くらい、それを忘れていいの」

「そんなの自分勝手じゃない？」

「いいのよ。去った者は去った者で、楽しく暮らしているんだから。蓮も、そしてアモンもね」

　そう言って、彼女が足元の僕を見た。つられて悟も目線を落とした。

「アモン？」

「そうだよ。僕だよ、悟！　気付くのが遅いよ！」

　やっと僕が見えたみたいだ。

「僕は元気だから、大丈夫だよ！　それに蓮も、生まれ変わって僕と一緒にいるんだ。たくさん仲間もいる。もちろん家族も。だから、悟が悲しまなくてもいいの！」

　僕が一生懸命言いつのると、悟が突然笑い出した。

　僕の頭を撫でて、口を開く。

「すごい夢だなぁ！　アモンが喋るなんて……根《こん》を詰めて、勉強しすぎたかな」

「夢じゃないよ！　……いや、確かにちょっと夢なんだけど、僕たちが元気にやってるのは、本当の話で――」

　悟が僕を抱きしめる。

「夢でもいいんだ。これもきっと、僕が見つけた小さな幸せだから」

　そう言って、さらに腕の力を強めた。

　少しして、悟は名残惜しそうに立ち上がった。

　近くにあった赤い花を手に取り、女性に手渡す。

「あなたなら僕の思いを連れていってくれる気がする。もしアモンの言っていることが本当なら……蓮兄ちゃんたちをよろしくね」

「ええ、もちろん」

「そろそろ起きないと。お兄さんも、慰めてくれてありがとう」

　悟がシャリアスにお礼を言った。スーッと体が透明になっていく。

　夢から覚めて、現実に戻るんだね。

「じゃあね、アモン。蓮兄ちゃんにもよろしく」

「元気でね！　素敵な獣医さんになってね」

　悟は笑顔で手を振り、消えた。

　残された女性は、悟に手渡された花を嬉しそうに眺めている。

「蓮は私の髪を見て、『この花と同じ真っ赤な色できれいだ』と言ってくれた。それに私がどれだけ救われたか……」

その瞬間、これまでシルエットのようにしか見えなかった姿が、はっきりと実体を持った。

赤い髪にそばかす……ふと、蓮から見せてもらった写真に映っていた人を思い出す。

その女の人は蓮の親友で、彼が僕を見つける直前に亡くなったという。この人は、写真の女性にそっくりだ。

「君は、もしかしてシ――」

名前を言いかけた僕に向かって、女性は人差し指を口の前に立てた。

「この姿は魂の片隅にあった忘れ形見。私の……いいえ、彼女の人生はある日突然終わった。それが真実」

女性が屈み、僕と目線を合わせる。

「あなたにもらった素敵な名前。あなたから伝わってくる温もり。あなたの足元から見える楽しい景色。その幸せな毎日が、今の私の真実」

微笑んだ女性が僕を抱きしめた。

「ありがとう。悲劇の先に幸せな夢を見せてくれて」

抱きしめられた感触が崩れていく。女性は再び炎となり、僕の足輪へ戻っていった。

足輪のあしらいが変わっている。元々あった真っ赤なガラスの飾りのそばに、前にはなかった花の装飾《そうしょく》があるんだ。

顔を上げると、シャリアスが優しい顔で見ていた。

途中から完全に隠すのを忘れて話しちゃったけど、僕たちの言ってた「蓮」がライルだって気付いているよね……どうやって説明しよう。

「えっと、さっきのは――」

シャリアスはゆっくりしゃがんで、僕を落ち着かせるように頭を撫でた。

「さっきの女性はフェル――インフェルノスライムが人の姿を取って、夢の中で迷わないよう、僕たちを導いてくれたものなんだね……実はスライムはね、他の世界から来たばかりの魂が、己を上手く形作れず不定形な存在になったものだとする説があるんだ。悟と呼ばれていた青年と合わせて、二人は、君とライルが前世で出会った人たちなんだね？」

いきなり始まった話は、僕たちの過去を言い当てていた。思わずあんぐりと口を開ける。

「異世界の存在を信じているの？」

「この世界は三兄弟の神様が作った、三つの世界が始まりなんだよ。三つも世界があったなら、他にもたくさんあっておかしくないだろう？　その中に、さっきの青年のような人たちが暮らす世界もあるかもしれない」

星がいっぱいあるなら、どこかに宇宙人がいて当たり前……みたいな発想なのかな。

「それに五百年も生きているとね、いろんな人に出会う。『生まれる前の記憶がある』なんて人もいたよ。君とライルは、出会った瞬間からとても仲がよかっただろ？　もしかしたら、前世からの縁《えん》があるのかもしれない……なんて考えたこともあったのさ。規格外の力ってだけじゃ片づけられないことも多かったからね」

「どうして今まで何も聞かなかったの？」

「ライルの前世がなんであっても、関係ないからね。彼は僕の孫で、君も家族だ。それが僕の真実だよ」

そういえばカムラの空間でライルのおばあちゃんのマーサに会った時、同じようなことを言ってたっけ。

「君たちの秘密は、必要な時にライルから話してくれると思う。だから今見たことは、夢だと思って忘れておくよ」

そう言って空を見上げ、真剣な表情になる。

「もうすぐ夢が覚めるみたいだしね」

青空に黒くひびが入っている。

僕とシャリアスは目を瞑った。


大きな音が聞こえてきて目を開けると、本当の不死鳥の島に着いていた。

ついさっきまでの青空はなく、あたりは夜の薄暗闇だ。フェルの説明通り、あちらは夢と現実が混ざり合った空間だったみたい。

上空では巨大な火の鳥――チマージルの聖獣、不死鳥さんと、それに負けないくらい大きな魚が戦っていた。

「現実はいつだって厳しいね」

シャリアスは苦笑いしながらも、注意深くあたりを探る。

ジャングルのような森のあちこちに、黒い海蛇《うみへび》のような魔物が泳いでいる。

迎え撃つのは、リグラスクの眷属であるヴァンパイアたち……リグラスクに命を救われ、その眷属となったコラット伯爵の娘、リーナも戦っているみたいだ。

「ここは火の小精霊がたくさんいるね」

そう言ったシャリアスが、両手を広げた。

無数の火の矢が現れて、海蛇を次々と射貫いていく。

そしてあっという間に瘴魔を粉々にしてしまった。

「すごい！」

今のって【精霊化】した力なのかな？

「【精霊化】した今であれば、小精霊を操れる。僕は成長期を燃え盛る戦場の中で過ごしたんだ。火の小精霊とも、多少の意志疎通が取れるみたいだね」

どこからともなく自前の弓も取り出して、シャリアスが教えてくれた。

さすがライルのおじいちゃん。『銀の射手』と呼ばれる英雄だ。

精霊になったばかりなのに、もう力を使いこなしているなんて！

僕も負けてはいられない。

「よし！　それなら、シャリアスはこのまま海蛇を倒して。僕とフェルは、不死鳥さんと一緒にあの魚を【浄火】してくるよ。そうすれば――」

「残念だが、それではダメだ」

そう言って現れたのは、不死鳥の島を守るヴァンパイアの始祖――リグラスクだ。

「リグラスク！　大丈夫？　怪我してない？」

彼はルベルスたちと一緒に封印を守る結界を張っていた。夢の世界で傷ついた元素精霊を見たから、リグラスクも何かあったんじゃないかって心配してたんだ。

「心配には及ばぬ。それからそちらの精霊、自己紹介は不要だ。我には魂が見えるからな」

名乗ろうとしたシャリアスを手のひらで制した。

この地を守る神様であるリグラスクは、相手の魂を見る力……【鑑定】スキルに似た能力がある。

シャリアスには、僕が彼のことを紹介してあげた。

「あれを見よ」

リグラスクに言われて、もう一度リーナたちの方を見る。

……あれ？　シャリアスに倒された海蛇の欠片が、みるみるうちに集まっていく。

そして復活してしまった。

再びたくさんの海蛇がリーナたちに襲いかかる。

「あの海蛇たちと不死鳥が戦う怪魚《かいぎょ》。あれらは全てを同時に倒さねば意味がない。正しい魂を持たぬゆえ、歪《いびつ》な存在になっている」

「どういうこと？　魂に正しいとか間違っているとかあるの？」

「【瘴魔化】すると、魂は消滅すると言われているが……正確には違う。魂が粉々に砕けるゆえ、輪廻の輪に戻れなくなるのだ。あの魔物たちは、砕けた魂の欠片が集まってできたもの。あれもまた、瘴魔なのだ」

どこか悲しげにリグラスクが言った。

彼は、かつて瘴気に侵されながらも英雄によって救われている。もしかしたら自分を重ねているのかな。

「晴れた日はあの怪魚、『日盛《ひざか》りの海王《かいおう》』が。そして闇深い月のない夜には『宵闇《よいやみ》の支配者《しはいしゃ》』として海蛇が魂を求めて海をさまよう。もしかしたら、人間どもにはただの魔物として伝わっているかもしれないがな」

「でも、今日は満月が出て――」

慌てて空を見上げたけど、月も星も見えない。

「瘴気で月の光が届かないのだ。そもそも瘴気が満ちたことで、やつらは昼夜を問わず動けるようになってしまった。夜であれば大人しい『日盛りの海王』もあの通りだ」

リグラスクが僕を見た。

「それよりも、ライルはどうした。あちらで何が起こった？」

「そうなんだ！　ライルが大変なんだ！」

あんまり説明とかは得意じゃないけど……一生懸命今の状況を伝えた。

ヴァンパイアたちの援護しつつ、シャリアスが僕の説明を補足してくれた。

話を聞き終え、リグラスクが額《ひたい》を押さえる。

「ルキフェルとガブリエル……妖精族の始祖たちが生きていたとは……」

元眷属として、特にルキフェルの行動には思うところがあるみたいだ。

「ここに来たら、ライルが目覚めるかもと思って……」

「うぬらの考えはおそらく正しい」

「ライル様は私たちを守ってくださったのです！」

リグラスクの返事に続いて、後ろから大きな声が聞こえてきた。

ルベルスたち、不死鳥の島の元素精霊だ。

「みんな、大丈夫？」

「はい。霧散した力を集めるのに時間がかかったものの、あの悟という夢の核の青年とアモン様たちのおかげで、短時間で回復できました……急激が瘴気に噴出し、私たちの結界は解かれました。そこを『宵闇の支配者』に狙われたのです」

水の精霊、サッピルスが答える。

「魂を食われそうになる瞬間、私たちを守るように、何かが覆いかぶさりました。あれは間違いなくライル様のお心です！　せっかくかばっていただいたというのに、力をそがれた我々は、夢の世界に引きずり込まれてしまい……あとはアモン様たちがご存じのところです」

ルベルスが悔しそうに翼を震わせた。

「あやつは本当にどこまでも変わらんな……」

リグラスクが、怒りと呆れの混じった声で言った。そしてさらに続ける。

「だがその話で納得がいった。おそらく、その時に魂の一部と意識を持っていかれたのだろう」

「じゃあ、ライルの意識はあの海蛇が食べちゃったってこと？」

リグラスクは「そういうことだ」と頷く。

思わず尾を垂らした僕だけど、悲しんでばかりじゃいられない。

「ライルを助ける方法はあるの？」

「やつの魂は誰よりも強い。『宵闇の支配者』には消化しきれん。あれらを浄化すれば、食われた意識と魂の一部が体に戻る可能性は高いが、問題はその方法だ」

シャリアスやヴァンパイアが迎撃している『宵闇の支配者』は、全体のほんの一部だ。

しかも、このメンバーの中で浄化するとなると……できるのは僕とフェル、不死鳥さんだけ。

「僕らと不死鳥さんの力で、島ごと浄化してみるとか？」

「やつらも馬鹿ではない。そうなれば逃げるだろう。それに瘴気に満ちる中で全力を使い果たしてしまえば、うぬの命が危うい」

「だけど――」

「うぬはそれを、あのシャリアスなる精霊の前でするつもりか。相棒の死を、やつの口からライルに説明させるのか？」

リグラスクの言う通りだ。僕が死んだら、シャリアスはきっと悲しみと罪の意識を背負っちゃう……

「私たちが未熟なばかりに、ライル様を危険にさらしてしまうとは……」

「ああ、悔しい！　あそこで『宵闇の支配者』と戦う幼き精霊は、あんなに強き力を持っているというのに！」

トパゾスとルベルスが口々に言う。彼らから見ればシャリアスも「幼き精霊」か。

「でしたら、あなたたちも強くなりなさい」

その時、嘆くルベルスの背後から、劫火の大精霊さんが現れた。

「大精霊様！　使命を果たせず、申し訳――」

「そういうのはいいわ。それより、あなたたち。ライルからもらった力を、自分の中に取り込んでいないでしょう？」

「はい。長期間の封印を見越しておりましたので、一度に消費してしまうのではなく、封印を持続的に強化できるようにと……そうでしたわ。もうその必要もないのですね？」

サッピルスの答えに、劫火の大精霊さんは頷く。

「そういうことよ。聖獣の森の精霊たちは進化し、それぞれの戦いに赴いたわ。だからあなたたちも……」

四元の精霊はお互いに頷き、決意を固めたようだ。

すると、今後はトパゾスの後ろから沃土の大精霊さんが出てきた。

「アーデから借りてきた。使え」

そう言って精霊たちに、木でできた球のようなものを渡す。

「借りたって……あなた様のことです。勝手に盗《と》ってきたの間違いでは？」

呆れたように言うトパゾスに、沃土の大精霊さんはニヤリと笑った。

「冗談言ってる場合じゃないだろ。さっさとやるぞ」

スマラダグスがトパゾスを急かした。いの一番に前脚を球に置く。

それに続くように、残りの三匹が球に触れた。

「ゆくぞ！　今こそ我ら、さらなる高みへ！」

ルベルスの仰々《ぎょうぎょう》しい号令を合図に、精霊たちが光に包まれる。

光が収まると、四精霊の姿が見えたんだけど……なんだか見た目が変わったみたい。

以前までのルベルスたちは、動物の姿をしていたけど、なんというかふわふわと透き通っていた。

動物のゴーストですって言われたら、信じてしまいそうな見た目だったんだ。

でも今は違う。もっとはっきりした、硬そうな外見だ。

テレビで見た……彫像って言うのかな？　宝石を削り出して作られたような、すべすべの像って感じ。不思議だなぁ。

「これはまた面白い進化を遂げたな」

彼らの魂を見たリグラスクが微笑む。

『火晶霊《ひせいれい》・ルベルス』。

『水晶霊《みずせいれい》・サッピルス』。

『風晶霊《かぜせいれい》・スマラグダス』。

『地晶霊《ちせいれい》・トパゾス』。

それが彼らの新たな種族名なんだって。

エレインたちと同じく、ライルからもらった名前を種族のお名前にしたんだね。

「アモン様！　今の我らなら行けます！　あの者たち一つに集めることができましょう！」

ルベルスが言うと、みんなの体がバラバラに……たとえるなら、正方形のブロックみたいな宝石になった。

その石が『宵闇の支配者』めがけて飛んでいき、次々とくっつく。

驚いて固まっていた僕は、慌てて口を開く。

「これ、平気？　食べられちゃわないよね？」

「大丈夫です、アモン様。私たちの本体……魂はこちらにあります」

サッピルスの声がして振り返ると、そこには赤、青、緑、そして琥珀《こはく》色の四つの球が浮いていた。

「これが今の我らの核！　あれは肉体の一部でしかありません」

「本番はここからです」

ルベルスとトパゾスが言った。

四つの球……四晶霊が浮き上がり、不死鳥さんと戦う『日盛りの海王』の方へ向かう。

すると『宵闇の支配者』にくっつく彼らの体も、魂に引っ張られるように同じ動きをした。磁石と磁石が引き合うみたいに、海蛇たちを連れて怪魚の周りに集まっていく。

「「【晶霊《せいれい》の封結《ふうけつ》】」」

彼らの核、四つの球を頂点にして四面体が出来上がる。

「素晴らしいですね。封印を支えた経験を活かし、自らの肉体を利用した一時的な結界を作り出すとは」

「怪魚も海蛇も一網打尽《いちもうだじん》にしようとは、実に合理的だ」

劫火の大精霊さん、沃土の大精霊さんは満足そうに言った。

「今です！　アモン様、不死鳥様のお力で浄化してください！」

「行くよ、フェル！」

足輪からフェルが白炎を出す。

僕は【聖霊化】して、不死鳥さんのもとに向かった。

不死鳥さんと一緒に高く飛び、瘴気の雲を突き抜ける。

月光が降り注ぎ、晶霊たちの作る四面体を明るく照らした。

遠く離れても見えるように、リグラスクが助けてくれたんだ。

僕は白炎を、不死鳥さんは赤い炎を、結界めがけて放った。

結界を丸く包んだ炎が、一輪の花のようにほころぶ。

聖なる二つの炎による浄化……僕と不死鳥さんの聖霊魔法、【聖火《せいか》の枕花《まくらばな》】だ。

炎の花が散ったあとには、たくさんの光が星みたいに瞬《またた》いている。

「ライル！　ライル、どこにいるの！」

僕が必死に叫んだ、その時だった。

『ありがとう、アモン、みんな。もう大丈夫だから、一足先に戻ってるね』

魂に響くような、ライルの声が聞こえた。

ひときわ大きな光がバーシーヌの方に飛んでいった。

地上に戻った僕のもとに、シャリアスとリグラスクが駆けつけた。

彼らにも、ライルの声が届いたみたいだ。

「うぬらもバーシーヌに戻るのだろう？　幸い、今宵《こよい》は満月。我が力で闇の海域を抜けるところまで送ってやるから、ライルのもとに行くがいい」

「うん！　リグラスク、ありがとう！　晶霊のみんなも！」

僕が元気よくお礼を言うと、動物の姿に戻ったルベルスが嬉しそうにする。

「この一件が片付いたら、ぜひまたいらしてください！　ライル様と共に！」

リグラスクが碧月に向かって手を上げた。緑の月光が僕とシャリアスを包む。

「じゃあね、みんな！　今度は遊びに来るから！」

ライルの後を追って、僕たちはバーシーヌに帰った。

◆

『日盛りの海王』と『宵闇の支配者』を倒し、不死鳥の島は束の間の歓喜《かんき》に沸いた。

晶霊たちもリーナを含むヴァンパイアも、アモンたちが去った方角を名残惜しく眺める。

とはいえ未だ瘴気の封印は解けたままだ。

広がり続ける瘴気による被害を抑えるため、それぞれが戦いに戻っていった。

リグラスクは一人、海岸沿いに残る。

「そうか、うぬらもライルと共に行くか」

誰に聞かせるでもなく呟くと、【聖火の枕花】で浄化された数多の魂の欠片が答えるようにチカチカと輝く。

リグラスクは息を吐いて、バーシーヌを目指すたくさんの光を見送った。

第三章　どこに行っても僕らは

僕――ノクスは【夢想変化《むそうへんげ》】でライキリツバメに変身し、黄昏の峡谷に向かって全力で飛んでいた。

ライキリツバメは、僕より小さい魔物の中では空を飛ぶのがもっとも速い。

アモンの【テュポンロード】と僕のバリアの合体技ならもっと速いんだけど……今頃、アモンはライルを救うために頑張っているはず。

だから僕も一人でやらないと。

ああ、せめて師匠のファンちゃんに「【夢想変化】で自分より大きな姿のものに変身しないこと」って言いつけがなければ、もうちょっと速度が出せるのになぁ。

しばらくすると、やっと目的地が近づいてきた。

眼下では王都に迫ろうとする魔物の群れを、冒険者と百獣サーカス団のみんなが撃退している。

中でも先代聖獣ユウゼンと、その友人で鬼人族《きじんぞく》の血を引くラゼンガの連携は見事だ。

刀を手にした二人は、時に背中を合わせ、時に交差し、時に互いに身を翻し……お互いをカバーしている。戦いの最中なのに、まるで踊《おど》っているみたいだ。

ちょっとだけシリウスとの親子共闘《おやこきょうとう》に期待していたんだけど……あの演舞《えんぶ》には、とても入れないだろう。

少し離れたところでは、ジャイアントかと思うほど大きい【瘴魔化】したゴブリンと、秘書ゴブさん率いるゴブリン軍、そしてアスラたち『鋼鉄の牛車』が戦っていた。

オリハルコン製の鎧の防御力、さらに【瘴魔化】で異常な回復力を手に入れた敵を、押し切れずに苦戦している。

手伝ってあげたい気持ちはあるけど、僕が対峙しなきゃいけない相手は別にいる。

彼がここにいるのは、シリウスから聞いているんだから。


上空から探し回り、目当ての相手を見つけた。湿原の近くで29番と一緒にいるリンク……相対しているのはマルコと従魔のウーちゃんたちだ。

マルコが戦っているところをちゃんと見るのは初めて。でも、見事な身のこなしだ。

29番が虫の魔物を指揮し、氷魔法を使って攻撃しているのに、軽やかに躱している。

リンクはウーちゃんを中心に連携して、牽制しているようだ。

マルコと29番が何か話しているようなので、近づいて聞き耳を立てる。

「君は何も見えていない。表面的な望みを聞いて、従魔を都合のいいように利用しているだけだ」

「利用……？　こういうのは、持ちつ持たれつっていうのよ。あなたは違うの？」

「僕らは家族だ。ぶつかることもあるし、僕の都合で無理をさせることもある。けれど、少しでもお互いが納得できる道を考えているんだ。僕と彼らの幸福のために」

「あら、私だってそうよ」

「違う、君は——君に、僕の言葉では届かないみたいだね」

彼女と対話するのを諦めたのか、マルコはリンクに声をかける。

「彼女はああ言っているけど、君はそれでいいのかい？」

凄腕の従魔師であるマルコは、きっとリンクの本当の願いに気付いているんだろう。

当のリンクは「俺は人間を苦しめられればなんでも構わん」と無愛想《ぶあいそう》に返した。

それ以上、マルコと話す気はないようだ。

対話の余地がないな……

その時、リンクが僕の方を見た。

「そこの鳥……ノクスか？」

リンクが口を大きく開いて、僕に向かって冷気を吐き出す。

僕は【夢想変化】を解くと、【拒絶の魔鏡】でバリアを張った。

ユニークスキル【拒絶の魔鏡】は、夢の世界に繋がっている。そして、相手の攻撃を取り込み、幻惑属性を付与して跳ね返すことができるんだ。

だけどリンクの攻撃は、吸いこまれたあとも出てこなかった。

彼の攻撃には、元々幻惑属性が付与されている。

そういう攻撃は、そのまま向こうの世界に呑み込まれるだけなんだ。

互いに幻惑属性を持つ者同士、魔法の撃ち合いだと埒《らち》が明かない。

リンクは物理攻撃に転じるつもりだ。

ウーちゃんとチーちゃんの隙をついて、僕に向かって駆けてくる。

リンクの突進をよけて、僕は地面に着地した。

「【リリース】」

そんな僕のもとに、どこからともなく弾丸が飛んでくる。

それをマルコが【ウィンドカッター】を放ち、弾いた。

飛んできた弾丸は、物体の時を止める29番のスキルで事前に用意しておいたんだろう。

彼女が恨めしそうにマルコを見た。

心配はなさそうだし、僕は僕の目的を果たしに行こう。

リンクが再び襲いかかってくる。

僕は彼をギリギリまで引き付けて、【夢空間】を開いた。

本当はファンちゃんから「【夢空間】を現実世界で開くのは禁止よ」って言われているんだけど……

「ウーちゃんたち、相手を横取りしてごめんね。マルコ、時間稼ぎは頼んだよ」

僕はリンクと一緒に【夢空間】に飛び込んだ。

この【夢空間】に誰かが来るのは、ファンちゃんとアモン以来、三人目だ。

「お前、俺を連れ込むために、わざとこの技を使ったな？」

「うん、話がしたくて。ここなら、君の相棒に邪魔されないからね。君が言ってた『自分が何から生まれたかわからない』って話の続きをしたい。リンクは自分が何から生まれたか覚えているの？」

そう聞くと、リンクは鼻で笑った。

「当然だ。俺たちは夢の世界から来たものは希望が結晶し、実体を持つとドラゴンになる。そして絶望が瘴気に変わる。俺たちは瘴気になる手前の負の感情——怒りや憎しみから生まれたんだよ。俺は聖獣ガルの抱えた、人への憎悪から生まれた」

ガルとは、アモンを聖獣に任命した獣神のことだ。

彼はかつて聖獣の森の聖獣だった。今はそんなことないみたいだけど、当時は時代の事情もあり、とても人間を憎んでいたと聞く。

現実世界に結晶するくらい強い恨みだったんだ……

「憎しみから生まれた俺にとって、人を憎むことこそが生きる道だ」

さっき、マルコの質問に答えていた時の言い方から察していたけど、やっぱり……

「残念だけど、それは君の勘違いだよ」

「お前に何がわかる!」

リンクが吠えた。

「俺はトーマス……ルキフェルの従魔として振る舞いながら、学園で聖獣と過ごすお前をずっと見ていた。俺と同じ世界から来たやつだって、すぐにわかったぞ。お前はいつもヘラヘラと笑ってていたな。自分の生まれた意味さえ忘れちまって——」

「忘れてないよ」

リンクの言葉を遮ると、彼は「は?」と言って固まった。

「忘れてないって言ったんだ。僕は自分が何から生まれたか覚えている。嫉妬《しっと》から生まれたんだ。君みたいに、一人の感情から生まれたわけじゃないけどね」

僕は、同じ境遇にいた複数の生き物の嫉妬心から生まれた魔物だ。

「僕の素《もと》になった子たちはこの世界とも夢の世界とも違う、別の世界にいたんだ。本当ならこんなところまで来ず、夢の世界をさまよいながら泡沫《うたかた》になり消えていたと思う」

実はライルとアモン——正確に言えば、夏目蓮とアモンに、僕のルーツは繋がっている。

僕を生み出したのは、いろんな事情で一人ぼっちになった生き物たち。

冷たくて、寂《さび》しくて、怖くて、明日が見えない……そんな場所にいた。

ある日、何かに導かれるようにして、その場所に蓮がやって来た。

彼は一つの檻《おり》の中に入って、衰弱《すいじゃく》していた柴犬を撫で、何か言葉をかけたみたい。

そしてその子を抱きかかえて、出ていったんだ。

それを見て、他の生き物たちは思ったんだ。

どうして僕は連れていってくれないの？　僕もここにいたのに。僕だって寂しいのに。辛いのに。

あの子だけずるい。なんで……？

蓮はきっと察していただろうけど……あの後すぐ、そこにいた生き物たちはみんな死んでしまったんだ。

最期まで、唯一助かったアモンに対する嫉妬を抱えながら。

彼らは夢の世界を漂ううちに、この世界までやって来た。

夢の世界の中には境界線はないから、アモンのように世界の壁を越えてきたってことじゃない。しいて言えば、あいつが許せないという執着心《しゅうちゃくしん》が、この世界まで彼らの負の感情を運んだんだろう。

リンクが僕を睨みつける。

「だったらどうしてお前はヘラヘラしていられるんだ？　その嫉妬の感情は、許せないって感情はどこに行ったんだ？」

「とっくに消えたよ。僕の願いは簡単に叶っちゃったから」

「願い?」

訝しげにリンクが言う。

「古龍のファンちゃんが言っていた。負の感情は、奥底に願いがあるんだって。僕は自分の願いを見つけた。だから負の感情から生まれても、笑っていられる。僕は……家族が欲しかった。まあ、そう思ったのは彼らの方なんだけどね」

そう。これは僕の話じゃなくて、僕の素になった子たちの願いだ。

「最初はね、アモンたちが憎くって、いつか会ったら殺そうと思ってたよ。顔も知らなかったのにね」

今にして思えば、カーバンクルの群れから追い出された原因は、僕の特異な見た目だけじゃなくて、隠しきれない周囲への敵意を読み取られていたからかもしれない。

群れを追い出されてさまよっていた僕は、なんの運命のいたずらか、彼らに命を救われた。

別に近づいて殺してやろうとか、そんな打算があったわけじゃない。

タランチュラクイーンに襲われて意識を失くして、気が付いた時にはアモンに背負われて家に帰る途中だったんだ。

朦朧《もうろう》とする意識の中で、アモンが「家族が増えるの?」と言っているのは聞こえていた。

そのあとにライルが「ずっとここにいる?」と、提案してくれたんだ。

僕はずっと欲しかったものを簡単に手に入れてしまった。

「だからなんだ！　お前が救われたとして、俺の憎しみとなんの関係がある？」

「君の怒りにも根底には願いがあるはず。そしてその願いは、もうとっくに叶っているでしょ」

「知った風な口を――」

「だって君は瘴魔になってないじゃないか！」

僕は強い口調で、彼の言葉を遮った。

彼にはその意味がわからないようだった。

「僕らは、絶望の手前の負の感情から生まれた存在。瘴気を取り込まなくても、絶望したら問答無用で瘴魔になるんだ。反対に、希望に満ちたらドラゴンにだってなれるよ。古龍の長――ファンちゃんがそうなったように」

ただ、相当難しいみたいだけどね……と、僕は心の中で呟いた。

どちらの可能性も持っている。それが夢の世界から生まれた僕らなんだ。

「僕らは確かに負の感情から生まれた存在だ。だけどそれを抱えて生きていく必要はないんだ。核になったものは確かに大事だけど、彼らと僕らは違うんだ。君が絶望しなかったのは、29番と呼ばれるあの人がずっとそばにいたから――」

「やめろ！　やめろ！　俺は人が憎い。それが俺の全てだ！」

リンクが僕に襲いかかってきた。

一《いち》か八《ばち》か、僕は人間の子どもの姿に【夢想変化】した。

ギョッとした様子のリンクが、僕の鼻先で爪を止める。

「自分より大きなものに変身しない」って、ファンちゃんとの約束だったのに……さっきも言いつけを破っちゃったし、バレたら絶対に怒られる……

僕は元の姿に戻ってリンクを見た。

「もしかして、君は人を殺したことがないんじゃない?」

僕が聞くと、リンクは小さく頷いた。

そして絞《しぼ》り出すような声で話し始める。

「俺にどうしろってんだよ。あいつは……ナラは、俺の願いを叶えるために、たくさん人を苦しめてるんだよ。俺の代わりに手を汚《よご》しているんだよ! それを今更、本当は人を信じたかったなんて……そんなこと……!」

ナラと言うのは、間違いなく29番のことだろう。

やっぱりリンクの願いもとっくに叶っていた。

29番の存在が救いになっていたんだ。

僕もリンクも幸運だったのだ。

ファンちゃん曰く、僕らみたいな存在はたいていすぐに瘴魔になってしまうらしいから。

うなだれるリンクのそばに行く。

「君の相棒が世界を終わらせてしまう前に、夢から出て、現実に向き合おう」

まあ、絶対に僕たちが終わらせないけどね。

僕はリンクと一緒に【夢空間】の外に出た。

外では29番――ナラが泣き崩れていた。

それを見てリンクが慌てる。急いで彼女のもとに駆け寄った。

「ごめんね。騙すようなやり方をして。でも彼女を止められるのは、君の本音だけだと思ったから」

僕は【夢空間】と現実世界をこっそり繋げておき、【夢空間】の音だけが外に聞こえるように細工した。

マルコに身の上話を聞かれるのは躊躇いがあったけど……彼はライルが転生者だって知っている。アモンとの出会いのことも教わっているし、もういいやと割り切った。

一緒に話を聞いていたらしいウーちゃんが、僕に体を寄せてくる。

「俺の復讐《ふくしゅう》に付き合わせて、すまない。謝って許されることじゃないんだが――」

リンクの言葉に、ナラは首を大きく横に振った。

「謝らないで……リンクがいてくれたから、ここまで生きてこれたんだから。私……自分が間違ってないって思いたかった。瘴気によって一つになれば、みんな救われる……一番それを信じたかったのは、他でもない私だから」

「君はあの日の出来事を正当化したかったんだね。リンクを助けるために、自分が選んだ選択……村人を全員殺し、生き延びた罪悪感を薄めたかったんだ」

マルコが目を伏せて言った。

聞けば、ナラは北の凍土の一族出身で、瘴気封印の地を守る役割があったらしい。

生贄を使って、時を止める一族か……ライルが聞いたら複雑な顔をしそうだけど、彼らだってやりたくてやっていたわけじゃないだろう。

ナラは、自分の行いを「弱肉強食な世界の理だから、仕方ない」と正当化してしまった。

そうして進み出してしまった彼女はもう止まれず、リンクが人に復讐したがっていると信じてその願いを叶えるために行動してきた。

でもリンクの本心を聞いてしまい、彼女の牙城《がじょう》は崩れてしまったんだ。

「君は従魔術の実力に関して言えば、僕より上のはずだ。Bランクの中でも獰猛《どうもう》な魔物とされるアングリーバイソンを、いとも簡単に手懐けてしまったそうだしね。でも、君はいつだって本能に忠実な……悪い言い方をすれば、知能が低い魔物しか従魔にしてこなかった。相棒のリンクを除いて。自分の間違いを指摘されるのが、怖かったんじゃないのかい?」

マルコに問われ、ナラが頷いたその時だった。

彼女が突然胸を押さえて、苦しみ出した。

リンクが咄嗟に寄り添い、倒れ込む相棒を支える。

「どうした、ナラ!」

マルコが近づき、ナラの肩に触れた。そして驚愕の表情を浮かべる。

「まさか!」

そう言って、秘書ゴブや『鋼鉄の牛車』が戦っている方角を見る。

「あの、元エンペラー……言わば、『没落《ダウンフォール》ゴブリン』の影響だ。従魔契約の繋がりから、瘴気がナラの魂を侵しつつある。このままじゃまずい……」

没落ゴブリンって言うのは、マルコが命名したみたい。

でも、今はそんなことどうでもいい。

「従魔契約を解除できないの？」

僕が聞くと彼女は首を振った。

「無理よ……元エンペラーが解除させてくれないの。自業自得《じごうじとく》ね」

自らの願いを曲解して瘴魔に落としたナラを、あのゴブリンは許さなかった。

「瘴気でみんな一つになったら、幸せになれるものだと思っていた……だけど、ぐっ――」

「無理に喋るな！」

言葉に詰まるナラを、リンクが必死に止めた。

それでも彼女は話を続ける。

「だけど間違ってたみたい。瘴気に侵食されるのがこんなに怖いなんて……」

震える相棒の手をリンクが舐める。

「私が【瘴魔化】させた子たちも、苦しい思いをしたのね……」

ナラが一層苦しみ出した。

彼女とリンクは敵だけど、こんな最期はあんまりだ。僕はこの場をマルコに任せ、ライキリツバメに【夢想変化】して没落ゴブリンのところに向かった。

すぐに目標は見つかった。

【夢想変化】を解き、地上に下りる。

「ノクス！　どうしてここに？」

アスラに聞かれて、僕はライルが倒れたこと、そしてさっき起こったことを手短に話した。

ゴブリンに指示を出していた秘書ゴブが、振り返って口を開く。

「彼女自身が言った通り、自業自得だと思います」

その無慈悲《むじひ》な一言を、『鋼鉄の牛車』の三人も強く否定はしなかった。

当然だと思う。これだけの状況を作り出した元凶なんだから。

「ですが、ノクスさん。ここにライル様がいらっしゃったら、どうしていると思いますか？」

その質問に、僕は確信を持って答える。

「ライルなら絶対に助けるよ。もちろんアモンもね」

「ならば、私もその道を選びましょう。ここからは本気でいきます」

「この状況でハッタリをかませるとはやるじゃないか」

アスラがニヤリと笑ったけど、秘書ゴブは首を横に振った。

「ハッタリではないのです。私、【エンペラー】の称号で統率力の恩恵《おんけい》だけ受けて、自身を強化していないので」

覚悟を決めたような面持ちで、秘書ゴブが力を解放する。

彼の体を、目視できるほど濃い魔力がヴェールみたいに包んだ。

「そう言えば、あいつは【エンペラー】の称号を奪われて、体が縮んでたわね」

「でも今まで使ってこなかったのには、理由があるのでは……？」

クラリスが不安そうに口にすると、秘書ゴブは敵を見据えたまま答える。

「この称号、破壊衝動を秘めているのです。統率力を引き出しているだけでも、抑え込むのが大変なほどに強い衝動を」

秘書ゴブは、自分の周囲を漂う魔力に術式を付与し始めた。

「じきに私も呑み込まれます……今も必死で抑えているところですから」

「ちょっと待て！　呑み込まれるって……そのあとはどうするつもりなんだ？」

「上等なオリハルコンの鎧を纏っていない、私のようなホブゴブリン程度、あなた方なら倒せるはずです」

「ダメだよ！　ライルはそんなこと望まないよ」

僕は必死で止める。

「そうでしょうね。あの方はどこまでも強く、どこまでもお優しい。あんなに小さい体に無限の可能性を秘めている。できれば、そんな彼を支える一枝になりたかった」

「だったら――」

「でもね、弱き者に与えられる選択肢はいつだって少ないのです。力か理性か。他者か自身か。私の母も、自らを犠牲に私を生かしてくれました」

そう言って笑う。

「どうせ死ぬなら、ザンバさんに殺させて差し上げたかったのですが……ここにはいませんからね」

秘書ゴブの言う通り、冒険者のザンバは王都の方で戦っていてここにはいない。

「なんで、今ザンバの話を？　お前まさか……！」

アスラが何かに気付く。

「それは……ぐっ……」

答えようとしたけど、もう話すのも辛そうだ。

「あとはマルコさんから聞いてください……彼は、私の生い立ちについて、すでに気付いている。ノクスさん、巻き込まれないようにバリアを張っていただけますか？」

「でも……」

「早く！」

彼の気迫に負けて、バリアを張る。

秘書ゴブが飛び上がると、他のゴブリンが炎と雷の魔法を彼に向けて放つ。

「一体何を……」

秘書ゴブは自らのそばを漂う膨大な魔力と共にそれを束ね、炎雷《えんらい》の槍を作った。

「【窮余《きゅうよ》の一槍《いっそう》】とでも名付けましょうか」

口角を大きく吊り上げて邪悪に笑うと、あのスマートな彼から出たとは思えないような雄叫《おたけ》びを上げて槍を放った。
槍はオリハルコンの鎧に当たると燃え上がり、球状に没落ゴブリンを包み込む。
没落ゴブリンは炎雷の檻から逃げられず、瞬く間に焼き尽くされた。
それでもなお形を保つ鎧と肉の焦《こ》げた臭いだけが、あとに残る。
秘書ゴブは地面に下りると、こちらを振り返った。その目には理性がない。
そして僕たちめがけて【ファイアボール】を放った。
火の玉が僕のバリアに当たり、霧散する。
「やめろ！　意識をはっきり持て！　こんなこと、望んじゃいないだろう⁉」
「私たちに、あなたを倒せって言うの……？」
「そんなのって……」
『鋼鉄の牛車』の三人が呆然としている。
僕だって同じ気持ちだ。だけどもっと恐ろしいことに気付いてしまう。
オリハルコンの鎧の中から瘴気が出てきた。
全てを焼き尽くしても、瘴気は浄化されない限りそこにある。
それが理性を失った秘書ゴブさんに流れていく。
もし【瘴魔化】したら、僕のバリアでも攻撃を防げるか……
決めなきゃいけない。彼を殺すかどうか……
僕は俯いて、涙が出そうになるのを堪《こら》える。

どうしたらいいの……ライル！　アモン！

「ただいま。待たせちゃってごめんね」

「よく頑張ったな、ノクス」

ふと大好きな声がして顔を上げた。そこには、アモンとライルがいた。

僕は泣きそうになる。

「アモン、瘴気をお願い」

「ＯＫ！」

アモンが【浄火】の力で瘴気を祓《はら》う。

ライルは秘書ゴブに向かって、氷魔法を使い、手足を拘束した。

そのまま躊躇うことなく近づくと彼の胸に手を当て、目を瞑る。

そして【念話】で、僕に話しかけてきた。

『ノクス、俺、眠っていた間に何が起きていたのか知りたくて、急いでいたからみんなの記憶を勝手に見ちゃったんだ』

【感覚共有】を使えば、ライルや仲間の従魔の記憶を確認することができる。

それが何を意味しているのかすぐに気付いた。多分、僕とリンクの会話も知っているってことだ。

『アモンにも言った？』

『言ってないよ。それに、アモンの記憶はまだ見ていないんだ。見ようとしたら、気付かれて釘《くぎ》を刺されて……』

さすがアモンだ。相棒のことをよくわかっている。

というか、さらっと言っているけど、そもそも起きてからまだ少ししか経ってないんじゃないの？

エレインの【聖なる海道】で転移できるとはいえ、病《や》み上がりだとは思えない行動力だ。

思考時間を引き延ばす【思考加速《しこうかそく》】をしたんだろうけど、この数時間分のみんなの記憶を見るって……頭がパンクしないのかな。

『俺から言いたいのは一つだけ。ありがとう。俺とアモンのところに来てくれて』

その言葉に、さっき堪えた涙が溢れてきた。

『これからもアモンの弟として、そばにいてあげてね』

なんだか、嬉しくて、嬉しくてたまらない。

舞い上がってしまった僕は、気付けなかった。ライルがもう、覚悟を決めていたことに。

◆

俺――ライルはノクスに思いを伝えた後、秘書ゴブさんの治療に専念していた。

現在の状況はほとんど把握している。

秘書ゴブさんの過去については、シリウスの記憶から覗かせてもらった。

彼の体は称号の力による急激なパワーアップで、満身創痍《まんしんそうい》の状態だ。

「ライル、秘書ゴブは……助かる？」

小さな手で涙を拭いながら、ノクスが心配そうに見てくる。

「大丈夫。ただ急に肉体に負荷がかかったことで一時的に理性を失ったんだ。【エンペラー】の称号による効果はオンオフができるみたいだから、代償だって同じはず。ダメージさえ回復しきれば、元の秘書ゴブさんに戻ると思う。少しずつ回復させてみるよ」

俺は労《いたわ》るように魔力を流し込む。

それにしても、秘書ゴブさんの過去には驚いた。

あの時のゴブリンの群れ……俺のために作ってたなんて。

倒した上に火傷を負わせた俺を恨むどころか、こんなに身骨《しんこつ》を砕いて忠誠を誓ってくれて……以前会った時に冷たくされたのは、俺に過去を悟られないようにするためだったのか。

彼の気持ちにはできる限り応えたい。

治療をしていると、マルコたちがやって来た。

ナラを背に乗せたリンクと、ユキも一緒だ。

王城で目覚めた俺は、アモンとおじいちゃんの到着を待ち、エレインの【聖なる海道】の力を借りて、マルコたちが戦っていた沼地に転移した。

ちなみに、おじいちゃんは同じくエレインの力で森の民の村に戻っている。

その後、ユキを【召喚】してナラの治療を任せ、こちらに直行していたのだ。

【魔天眼】で確認するが、ナラの体に瘴気は残っていない。

正直、助かるかはかなりギリギリだった。

それでも無事に乗り切れたのは、リンクが希望を持って魂に語りかけたから。

これはノクスの功績が大きい。

もしあれがなく、リンクが自らを負の感情こそが真の願いだと思い込んだままだったら……咄嗟に瘴気を自分の身一つで抑え込もうとしたナラだけでなく、リンクも、彼女が契約している他の従魔にも被害が及んでいただろう。

もしかしたら群れの全てが連鎖的に【瘴魔化】していたかもしれない。

そうなっていたら、こうして秘書ゴブさんを治療する余裕はなかったはずだ。

そんな功労者ノクスのもとに、浄化を終えたアモンが帰ってきた。

定位置であるアモンの頭に乗ったノクスは、心の底からホッとした顔をしている。本当に弟って感じだな。

「なぁ、マルコ。あいつとザンバの繋がりって……やっぱり弟のジンバの事件か？」

アスラに聞かれて、マルコは頷いた。

今から数年前のこと。ジンバはホブゴブリンの討伐依頼に行って、命を落としている。

「ジンバが死んだあの事件。討伐対象だったのは、彼の父親なんだ」

クラリスが口を開く。

「ということは、秘書ゴブさんはゴブリンが進化したわけではなくて……」

「生まれながらのホブゴブリンだよ」

ホブゴブリンの発生には二種類ある。

ゴブリンが進化するか、ホブゴブリンの両親から生まれるかだ。

後者は非常に珍しい。秘書ゴブさんを見ていればわかるが、ホブゴブリンは理性を得た反動からか、己の本能や野性的な行動を忌避《きひ》する傾向にある。

だから子どもを作る行為そのものを避けがちだ。

「依頼には、『ホブゴブリンによって若い娘が襲われ、助けに入った男が殺された』と書かれていてね。まぁ、なくはない内容だけど……グスタフさんがきな臭さを感じて、依頼を止めていたんだ。ところが、ジンバが勝手に討伐に向かってしまった」

マルコが事件の経緯を教えてくれた。

「本当は襲われた若い娘なんていなかったんだ。依頼そのものがほとんど嘘でな。被害者の男が先に、ホブゴブリンの一家を襲ったんだろ？　妻が最低な殺され方をしたから、旦那のホブゴブリンが凶暴化したんだ。一人息子がいたが行方知れずになっちまったって聞いてたな」

「アスラ、あなた知ってたの？」

「ザンバが何年もかけて調べたんだとよ」

アスラによれば、ホブゴブリンの家族は、近くの村の人たちと良好な関係を築いていたらしい。

ただそんな一家を面白半分に殺そうとした男がいた。

その男は地元の権力者の息子だった。息子が先に手を出したのを隠し、偽りの依頼を出したのはそいつの父親だったのだ。

その父親は近くの村に圧力をかけ、真相を語らせなかった。

だけど、最近になってそいつが失脚《しっきゃく》し、それを機にザンバは真実を知ったそうだ。

「ホブゴブリンの息子って聞いて、勝手に小さいのを想像してたが……よく考えたら魔物だもんな。成長速度が全然違うのを忘れちまってた」

ホブゴブリンは三年ほどで成体になると言われている。

ジンバの事件が約六年前。俺がゴブリンの群れと対峙したのはその翌年だった。

母と父を失い、俺を慕ってくれるようになるまで、秘書ゴブさんにどんな心境の変化があったんだ？

そして俺が群れを倒したあとから今日までの間、彼は何をしていたんだろう。

どんな風にこの国を離れて、シンシアさんと出会ったのだろう。

どれだけの鍛錬を積んで、【神速演算】や術式付与を習得したのだろう。

どんな思いでこの国に帰ってきて、俺と話をしていたんだろう。

本当はいろいろと話を聞いてみたいけど、時間をかけるわけにもいかない。

月がだいぶ西に傾いてきている。

俺は彼の魂に魔力を送りこむ。

――いつかその方の役に立った時、褒美として名を頂戴したいのだ。

以前秘書ゴブさんが言っていた言葉だけど、さすがに俺ってことでいいよね？

本人の口から直接聞いていないから、どうしても不安が残る。

間違ってたら、恥ずかしいなんてもんじゃないぞ……

彼の魂に語りかけ、名を刻む。

『ソピア』

ソピアの体を包んでいた魔力から荒々しさが消え、落ち着いたものへ戻っていく。

これが彼本来の魔力だ。

弱き者と自称していたようだけど、そんなことは決してない。

魂を繋げてわかったが、【エンペラー】に付随《ふずい》する破壊衝動は俺の想像以上に強力なものだった。

土壇場《どたんば》で自身を強化する前から、かなり強い破壊衝動に駆り立てられていたはずなのだ。

それを悟らせず、涼しい顔をしてずっと軍を指揮したのだから、弱いはずがない。

ソピアの瞳に理性的な光が戻る。

「ソピア……素晴らしい名をくださり、ありがとうございます。我が愛しき、ライル様」

よかった。意識を取り戻してくれて。

俺が付けた名前も気に入ってくれたみたいだ。

彼の手足を拘束していた氷魔法を解く。

「アモンやみんなと一緒に、聖獣の森を守ってくれる？」

「はい。この命ある限り」

ソピアはそう言って跪いた。

すると、その様子を見守っていた他のゴブリンたちが拳を突き上げた。

「ワレラモ、エンペラートトモニ！」

思わぬ発言にみんなが唖然とする。中でも一番驚いていたのはソピアだった。

聞けば、これは彼が指示を出してやらせたわけではないらしい。

強い破壊衝動を抑え、理性を持って彼らを指揮し続けた精神が他のゴブリンたちに影響を与えたんだ。

そんな彼らにソピアは告げる。

「ライル様との従魔契約で私の称号に変化が起きました。【エンペラー】から【タクティシャン】へなったのです。王はライル様、あるいはアモン様であり、私はあなたたちの主ではありません」

そしてゴブリンたちに問う。

「それでも私と共に来てくれますか？」

ゴブリンたちは雄叫びを上げて申し出に応えた。

アスラが歩み寄り、ソピアに声をかける。

「この戦いが終わったらザンバに会ってやってくれ。お前があの事件の子どもだって知ったら、あいつ喜ぶからさ」

ソピアは最後の一言が意外だったのか、「え？」と小さな声で言った。

「あいつさ、ちゃんと真実に辿り着いたんだ。それで言ってたよ。『こんなの恨みようがないじゃねえか……せめて子どものゴブリンだけでも生きてたらいいんだけどな』って。だからきっと喜ぶよ」

ソピアはしっかりと頷いた。

「【召喚】、トータスファミリー」

俺はオリハルコントータスのガラヤンとミスリルトータスのリルハン、そしてその子どもであるトータスたちを【召喚】した。

『懐かしい匂いがするやん』

『こんな人の仰山《ぎょうさん》いるところに。ええのですか？』

リルハンが心配そうに聞いてきた。彼らはかなり珍しい鉱物を甲羅に背負うトータス種の魔物だからな。

俺は彼女の頭を撫でて、微笑む。

この後のことを考えると、俺の【亜空間】に入れたままにはできない。

「ガラヤンたちの能力が必要なんだ」

俺はこの状況を収める策をみんなに伝えた。

『そういうことなら、まかせとき！　ワイが新入りをしっかり見といたるさかいに』

そう言って、ガラヤンは体を大きく震わせた。リルハンと子亀たちも真似をする。

彼らの背負う鉱物は、振動によってほとんど聞こえないくらいの微弱な音を鳴らす。

そこにソピアが杖を振り、術式を付与した。

そしてゴブリンたちが風魔法【ウィンドカーテン】を発動する。

これは、弱い風を遠くに送るだけの簡単な魔法だ。

ガラヤンたちの奏でる音が、風に乗って黄昏の峡谷とその向こうの草原にまで鳴り響く。

その音を聞いた魔物たちが、どんどん眠りについていく。

「すごい……あの数の魔物をあっという間に鎮圧するなんて」

パメラが驚きの声を上げた。みんなも呆然とその光景を眺めている。

「相手が低ランクの魔物だからできたことでしょうが……この状況ではこれが最適解。さすがライル様の策です」

ソピアが大袈裟《おおげさ》に褒めてくれた。

今回彼が付与したのは、聞いた相手を眠らせる魔法だ。

俺たちにはきれいな音色にしか聞こえないが、低ランクの魔物たちにとっては子守歌となる。

この数の魔物を殲滅したら、生態系にも大きな影響を与えかねないし……ちょうどよかった。

「ライル様、これからどうなさるおつもりですか？」

「これ以上、トーマス——ルキフェルを野放しにしておけない。別の場所では死霊魔術士のゾグラが大暴れしているみたいだし……」

「死霊魔術士、ですか……シンシア様はご無事なのですか？」

ソピアは今日丸一日シンシアさんとは別行動で、彼女の状況を知らなかったらしい。

ノモッコ卿から「来賓席に魔物がいてはベマルドーンの恥となる。どこかに行っていろ」と言われていたそうで、結果的にいろいろ動きやすかったみたいだ。

「実の父と対立しているわけだから、精神的には大変そうだけど……父さんたちが一緒だから、きっと大丈夫。俺も今から向かってみる。みんなには聖獣の森へ移動してもらいたいから、あとで【召喚】するね」

ソピアたちにそう告げると、リンクが何か言いたげにこっちを見た。

俺は彼に近づく。

「5番は……俺やナラ、17番とも違うんだ。あいつの歪みはもう――」

「わかってる。死霊魔術はそういう術だから……全力を尽くすけど、助けられるとは限らない」

俺はリンクにそれだけ告げた。

彼は納得したように頷く。

「この国が君と相棒にどういった判断をくだすかわからないけど……自分の罪と向き合ってみてほしい」

ナラとリンクにしても、17番にしても、ゾグラにしても……小さな歪みが大きくなった結果だ。

彼らの負の感情を利用しているのがルキフェル。だが、彼にもまた譲れない事情がありそうだ。

「マルコ！　ナラたちは任せるから」

後始末を友人に丸投げし、俺は他のみんなに向かって言う。

「その代わり、ルキフェルのことは俺に任せて」

そう伝えて、アモンの背に乗った。もちろん、ノクスも一緒だ。

「ライルくん！　……ちゃんとまた会えるよね？」

ああ、マルコの聡《さと》さにはまいるなぁ……

俺は笑顔で手を振った。

◆

俺は黄昏の峡谷にいた従魔のみんなを聖獣の森に【召喚】してから、父さんたちのところへ向かった。

エレインの【聖なる海道】の力で近道をしたから、時間はそれほど経っていない。

古龍の山脈に程近い草原では、父さんたち『瞬刻の刃』のメンバーとロウガ、ギンジが巨大な骨の怪物と戦っていた。

魔物の骨が集まってできている瘴魔みたいだけど……使われている魔物は数百匹じゃ足りないだろう。

肩にはゾグラとノモッコ卿が乗っている。

死霊魔術で隷属させているのか。

「みんなも瘴気と一つになろう！」

そう言いながら、ゾグラが笑う。

その言葉通り、骨の怪物は聖獣の森の方向にゆっくりと進みながら、近くにいる魔物を巻き込んでいく。魔物はたちまち骨になり、瘴魔をさらに大きくするのだ。

ゾグラの傍らにいるノモッコ卿は、無表情のまま動かない。

試しに上空から接近しようと試みたが、「俺のお父さんに近づかないで！」と唸ったゾグラによって阻まれてしまった。


俺とアモン、ノクスは父さんたちのそばに降り立った。

「ライル、体は大丈夫なの？」

母さんが心配そうにこちらを見た。

俺が倒れていたことは、母さんたちもジーノさんから聞いて知っている。

「俺は大丈夫だよ」と笑顔で伝え、みんなに一度離れようと提案した。

アモン、ギンジ、ロウガに乗り分け、骨の怪物から距離を取る。

あちらが追いかけてくる様子はない……ただまっすぐに、聖獣の森、おそらくは瘴気が流れてくる混沌の森に向かって進んでいる。

戦況は芳《かんば》しくなかった。

骨の怪物は闇属性を纏っていて、魔法がほぼ効かない。

おまけに物理攻撃に対する耐性も高い。

「アモンとフェルの【浄火】で焼いちゃうのはどう？」

ジーノさんが言った。

「確かにそうなんですが……アモン、フェル。試してもらえる？」

「ＯＫ！　行くよ、フェル！」

白炎が骨の怪物を足元から包む。

表面の骨が浄化され、剥《は》がれ落ちていく……が、落ちたそばから骨が怪物に吸収され、再び体に組み込まれてしまった。

やっぱり浄化しても致命傷にならず、再び取り込ませてしまうだけのようだ。

「じゃあどうするんだ？　まだ距離はあるが、あのまま行けば森の近くの村に辿り着くぞ」

顎を撫で、父さんがぼやいた。

「助っ人はもう呼んであるんだ。もうすぐ来るはずだから、大丈夫」

俺はずっと何かを考えて込んでいる様子のシンシアさんに目を向ける。

「気にされているのはお父様のこと……ではなく、ゾグラがなぜノモッコ卿に執着するのか、ですか？」

シンシアさんが頷いた。

「お父様は私がベマルドーンを出たあと、数年間世界を渡り歩いていたそうなの。もしかしたら、ゾグラは、本当にお父様の――」

「それはないと断言します」

シンシアさんの言葉を遮る者がいた。

馬を駆って現れたのは、チマージルのロイヤルナイツ筆頭ジータさんだ。

母さんとジーノさん、シンシアさんとは初対面なので、それぞれ手短に自己紹介した。

ジータさんはチマージルからの使者であり、一連の事件に関して第一王子が関与が発覚したあちらが、敵意がないことを示す人質として送ってきた人物だ。本来の役目はチマージル女王を守る護衛——ロイヤルナイツであり、王族の血を引いている。

昨年バーシーヌ王国に来てからは、特に幽閉されるでもなく、比較的自由が許されていると聞いた。

彼女がこちらに向かっていることは、王家やギルドと連絡を取り続けているヴェルデから知らされていたが……

とはいえ一人きりで出歩くのは問題だからと、今も衛兵が二人ついてきている。

一人は何度かあったことがあるルイさん直属の部下。

もう一人は王立学園のOB、エリオット先輩だ。

エリオット先輩はそっと俺のそばに来て、「アビスペルのこと、いろいろ手配してくれたんでしょ？　ありがとう」と囁《ささや》いた。エレインが各地の現状を中継した際に、友人が戦っている様を目撃したようだ。

俺はとりあえず頷いたが、顔を引きつらせずにはいられない。

王都でのエレインの演説も【感覚共有】で確認したが、あれは本当にやりすぎだ。

俺、アビスペルが生きていることは知っていたけど、あんなに戦えるようになっているなんて知らなかったぞ。

今回の一件だって、かなり想定外のトラブル続きだし。

まぁ、今はジータさんの持ってきた話が優先か。

「ノモッコ卿はチマージルに二年ほど滞在していました。それは我が国のためでもあり、彼自身の研究のためでもありました」

「チマージルとお父様の研究ですか？」

「ご存じでしょうが、チマージルは砂に閉ざされ、外部との行き来を徹底的に制限している国です。とはいえ、私たちも外部の情報や技術を全く取り入れずに生きていくのは難しい。だから我が国に興味のある研究者を、数年に一度受け入れているのです。条件はいろいろありますし、平民はほとんど知らないことですが」

徹底した鎖国体制について、俺はかつては疑問に思っていた。

だけど、チマージルに行って帰ってきた今なら、その必要性がよくわかる。

チマージルの環境は本当に厳しい。砂漠は資源の乏《とぼ》しい不死者の巣窟《そうくつ》。海の幸《さち》には恵まれているが、その分危険なモンスターも多い。

あちらの国では土地の影響で闇属性の資質持ちが多く生まれるため、瘴気を治療できる聖属性の資質を持つ者はまずいない。ゆえに、瘴気の病は不治の病とされている。

チマージルの国民は不死鳥の【浄火】に頼ることで、瘴気の進行を抑えていた。ただ、【浄火】では魂こそ救われるものの、肉体は焼かれて滅んでしまう。外部の国の存在を知れば、国民の多くがチマージルを出ていくだろう。

チマージル王家は瘴気の封印を守るためにも、あの場所で国を維持する必要があった。鎖国を解かなかったのだ。

「魔道具に精通したお父様の知識が、チマージルで役立つのは理解できます。ですが研究とは一体……？」

「我が国は複数人で一つの魔法を放つ【合体魔法】が盛んです。彼はその研究をしていました。特に、魔力差があっても発動できる魔法の開発を」

「それってまさか、魔力がほとんどないシンシアのために？」

母さんが驚いた様子で声を上げた。

「正確には、シンシアさんのような子たちのためでしょう。ノモッコ卿は貴賓《きひん》ですから、王城に部屋を用意しておりました。私も話す機会があり、覚えていたんです。『娘は魔力に恵まれなかったが乗り越えた。だけどそれは才能に勝《まさ》る努力があったから。普通の子では至れない。だから、彼らに選択肢を作りたい』とよくおっしゃっていました」

シンシアさんは「そうですか」と呟くと、瘴魔の肩に乗る父を見た。

「だが、あいつはチマージルの第一王子なんだろ？　シンシアの父とはどういう関係なんだ？」

父さんが尋ねる。

「その前にゾグラ様……いいえ、ゾグラがあのようになったきっかけをお話しします。元凶はチマージルの神官たちにありました」

これは最近になってチマージルの調査が終わり、女王からの書簡によって知ったことなのだという。

「我が国の神官は瘴気に魅入られていたのです。瘴魔になれば、最後はみんな王と一つになれるのだと」

「なぜそんな考えに……」

シンシアさんが聞いたが、ジータさんは「わかりません」と首を横に振った。

神官たちは去年瘴魔にやられてみんな死んでいるし、今更考えても仕方ない。

「ゾグラに死霊魔術を教えたのも神官たちで間違いないと思います。彼の魔法教育を行ったのは、神官の一人でしたから」

ジータさん曰く、おそらくそこにブッチという神官の息子も関わっているという。このブッチという青年は、ゾグラの身代わりとして第一王子のふりをしていたらしい。

ただ記録がほとんど残っておらず、事件の全貌を掴むのに時間がかかっていたそうだ。

「ですが、最近、神殿の地下に隠されていた神官たちの研究施設から重要書類が複数出てきました。これはそのうちの一つ。複製ですが、我が女王とバーシーヌ国王、双方の許可を取ってあります。よろしければご確認ください」

ジータさんが懐から書類を取り出す。

そこには幼い子どもが書いたような絵と文字が描かれていた。

どうやらノモッコ卿の似顔絵とプロフィールのようで、紙の横には「僕のお父さん」とも書かれている。

「先ほども言いましたが、ノモッコ卿がゾグラの父親ということは絶対にありません。彼はベマルドーンの貴族。女王の相手として選ばれることはありませんし、過ちを起こすような間柄でもなかったと断言できます……さて、私がお見せしたこの紙は、ゾグラが書いたものです」

俺はそれでピンときた。

「死霊魔術では代償として記憶が失われていくと聞きました。これはゾグラが忘れたくないことを書き記したメモなんですね」

俺の言葉にジータさんは頷く。

「ここの『僕のお父さん』という文字……筆跡は巧妙《こうみょう》に真似られていますが、わずかにインクの色が違います。神官たちによって書き加えられたものです」

神官たちは瘴気を広げるため、王族であるゾグラに目を付けた。

俺の想像になってしまうが……なんらかの手段で仲間に引き込むと、死霊魔術を教えた。記憶が失われていく死霊魔術の特性を利用し、彼が利用しているメモを自分たちに都合がいいように捻《ね》じ曲げたのだ。

「父親の存在を捏造《ねつぞう》したのは、まだ幼かったゾグラに架空《かくう》の身内をでっちあげ、より操りやすくするためでしょう。ゾグラが生まれた時期、そして接触の難しさを加味し、ノモッコ卿が選ばれたのではないかと思います」

ジータさんがもう一枚書類を出す。

またしてもノモッコ卿の似顔絵とプロフィールだが……絵が上手くなっており、字もきれいになっている。プロフィールは新たに更新されていた。

僕とシンシアのお父さん。

魔力が少ないシンシアを助けるために、死霊魔術の研究をしに来たけど、できなくて帰っちゃった。

だから僕が代わりに死霊魔術を覚えた。

僕は今、瘴気を広めてみんなと一つになる勉強も頑張ってる。

お父さんにいつか会いたい。


神官たちに何を吹き込まれたのか……嘘だらけのプロフィールだ。

「ノモッコ卿は一度帰国された後、【合体魔法】の研究成果を受け取るために、再びチマージルを訪れました。十数年前のことです。おそらく彼はその訪問の中で……」

ゾグラに隷属されたか。

「もう……彼にとっては、これが真実なのね」

シンシアさんが複雑そうな顔で呟く。

ゾグラの子どもみたいな話し方……もうほとんど自分を保てていないのだろう。

「お父さん」とみんなで、瘴気に包まれて一つになることしか、彼には残っていないのだ。

俺たちが話をしていると、頼りになる助っ人がユキに乗ってやって来た。

チマージルを亡命したお姫様のフィオナさんと、その父親のディランさんだ。

瘴気の病を治すために祖国を捨てたフィオナさんは、この場にいないもう一人の父親、ザックさん……本名、アリスさんと一緒にトレックに来た。

「巻き込んでしまってごめんなさい。でも、あなたの力が必要なんです」

「お気になさらないでください。ライル様に頼っていただけて嬉しいです。今の私たちは聖獣様の森で暮らす者。戦う理由はありますし……何より彼は私の兄ですから」

そう言って、骨の怪物の肩にいるゾグラを見つめた。

ディランさんが首を傾げる。

「ライルくん、うちの娘に何を頼んだんだ？」

「スケルトン系の魔物なら、こちらにも知り合いがいます。『砂漠の三巨人』なら、あんな骨の怪物には負けないでしょう？」

フィオナさんが声高く叫ぶ。

「【召喚】、シフォン、ブリュレ、タルト！」

たちまち、フィオナさんの従魔……巨大な骸骨《がいこつ》の魔物、デザートジャイアントたちが現れた。

ディランさんが納得した表情を見せる。

トレックにいる時は、【分霊《ぶんれい》】というスキルで自ら骨の一部を小さなぬいぐるみに移し、操っているシフォンたち。ぬいぐるみ姿を見ていると忘れがちだが、彼らの正体はチマージルの砂漠を長年守ってきた骸骨の巨人だ。

俺はアモンとフェルに頼み、再び瘴魔に向かって【浄火】を発動してもらう。

浄化された表面の骨が剥がれ落ちていくが……骨の怪物が吸収する前に、シフォンたちが取り上げた。

シフォンたちが触れた魔物の骨が、たちどころに消えていく。彼らの体が一回り大きくなった。

「おいおい……あんな力があったのかよ」

前にシフォンたちと戦ったことが父さんが驚く。

「むしろあれが基本の能力らしいよ。骨を吸収して自分の体を巨大化させるんだ」

怪物の吸収と違って、デザートジャイアントは触れた魔物の骨を完全に自分の中に取り込んでしまえる。

あくまで体の一部に加えているだけ怪物と、三巨人……剥がせば剥がすほど、シフォンたちに有利だ。

「なんでみんな俺と一緒に行かないの⁉　僕だけ一人にしないでよ！」

ゾグラが癇癪《かんしゃく》を起こす。死霊魔術の代償でいよいよ記憶がなくなってきているのか、一人称さえあやふやだ。

だが彼の意に反して、骨の怪物はどんどん小さくなっていく。

これならいける……！　そう思った瞬間だった。

突然ゾグラが意識を失い、怪物の肩からノモッコ卿と一緒に落下する。

「ギンジ、頼む！」

俺が指示すると、彼はユニークスキルを使って影狼を出し、二人を受け止めた。

……しばらくして、骨の瘴魔は白炎の中に消えた。

シフォンたちがすっごく巨大化してしまったらどうしようか心配していたが……体はそこまで大きくなっていない。

どうやらフィオナさんが気を利かせて、魔力に変換して取り込むように途中で【念話】していたらしい。

そんなこともできるのか……

「お父様……！」

駆けつけたシンシアさんが、父親の手を握る。

ギンジによって救われたゾグラだが、全身が瘴気に侵されており、虫の息だ。

俺と母さん、ユキで治療したが、これは……

シフォンたちを労《ねぎら》っていたフィオナさんが、ディランさんと一緒にこちらにやって来た。

息も絶え絶えなゾグラを見て、彼女は一瞬固まった。

父親に寄り添うシンシアさんを眺め、自分の手を見つめる。

葛藤《かっとう》するのも無理はない。

幼くして瘴気の病に侵され、王家で冷遇《れいぐう》されていたフィオナさんは、チマージルにいい思い出がほとんどない。おそらくゾグラと交流した機会だって数えるほどしかないはずだ。もしかしたらその記憶さえ、身代わりとのものかもしれない。

それでも最後にはしゃがみ込み、兄の手をそっと掴んだ。

やがてゾグラが目を覚ました。父に寄り添うシンシアさんを見る。

自分を見つめるフィオナさんのことも。

そしてゆっくり口を開く。

「おとうさん……ばいばい」

それが最期の言葉だった。

死霊魔術士との隷属契約が破棄されると、隷属されていた者はグール化する。

俺は悲しい気持ちでノモッコ卿に目を向けた。

彼が目を覚まし、キョロキョロとあたりを見渡す……ところが、なぜか暴れ出す様子はない。

「シンシア?」

娘の顔を見て、ノモッコ卿は確かにそう口にした。

まさか……生き返った?

シンシアさんが泣きながら抱き着く。

「ライル、これは一体……」

父さんが聞いてくるが、俺にもさっぱりだ。

ゾグラは、確かに死霊魔術でノモッコ卿を従えていたはず。

蘇生《そせい》することなんて、ありえるのだろうか?

「もしかしたらゾグラは、死霊魔術の先に、何か別の魔法を見つけていたのかも……」

全ての記憶を失ってなお、偽りの父親の記憶を手放さなかったゾグラ。

謎多き死霊魔術士は、眠るように死んでいった。

◆

ゾグラの件の後始末は、ジータさんたち王城からの派遣組《はけんぐみ》に託した。

父さんたちはノモッコ卿を連れてトレックに向かい、ひとまず検査を行うそうだ。

フィオナさんとディランさんも、ユキと一緒に帰るらしい。

混沌の森に近いトレックに戻るのは危険では……と思ったが、心配するのは今更か。

それに瘴気の方は、どうやって解決するか決めているし。


俺とアモン、ノクスはみんなと別れたあと、エレインの【聖なる海道】でとある場所にやって来た。

「ねえ、ライル。ここって……」

「まさに世界の果てって感じだね」

アモンとノクスが驚くのも無理はない。

俺がやって来たのは、バーシーヌの東にある海……その一番端である。

ここで、海はスパッと切られたように終わっていた。

そう、球体である地球と違って、この世界は平面状なのだ。

透明なバリアによって遮られた最果ての向こう側には、まだ昇る前の太陽がある。

こういうものだと地図で知っていた俺も、目の当《ま》たり《あ》にすると苦笑いせずにはいられない。

こうして見ていると、確かに神様によって作られた世界……いわば、神の箱庭なんだなって実感する。

『奇跡《きせき》の地球《ほし》』とか、『宇宙《うちゅう》の神秘《しんぴ》』とはよく言ったものだ。

ちなみにノクスに結界を張ってもらって、足場と熱除けにしているので、太陽に近づきすぎて焼け死ぬとか、海上で溺死《できし》……ということはない。

「ライル、どうしてこんなところに来たの？」

「夜明け前だけど、ここは太陽に一番近いだろ？【光合成《こうごうせい》】をしに来たんだ」

俺には自然エネルギーのあるところなら、魔力が回復する【魔力超回復】というスキルがある。

これは光を浴びると魔力回復速度が上昇する【光合成】と、自然の気を魔力に変換する【魔力《まりょく》錬成《れんせい》】が統合したことで生まれたスキルだ。

瘴気対策の第一段階……俺は従魔のみんなを通して、聖獣の森に魔力を送るためにここに来た。

つまり、森一つをまるまる聖属性の魔力で満たしてしまおうという計画だ。

従魔たちの多くを聖獣の森に集めたのは、このためである。

「それなら、朝になるのを待っていればよかったんじゃない？」

ノクスの問いに、俺は首を横に振る。

「瘴気をなんとかするのに、月の力がいるんだ。だから夜明けまでは待てない。俺が限界まで魔力を回復させて、端からみんなに送っていく力技で、瘴気を混沌の森まで押し返す」

「押し戻したあとはどうするの？」

アモンに聞かれたが、俺は聞こえなかったふりをした。

「いくぞ！」と気合を入れて、魔力を送る。

【感覚共有】でみんなの様子を見つつ、聖獣の森にいるヴェルデに【念話】で状況を確認する。

『ライル様のご計画通り、従魔たちを通して、聖属性の魔力が森に溢れていきます』

どうやら魔力が一気に流れ込んだことで、従魔にも変化が起こったらしい。

まず、未進化だったシルバーウルフのうちマサムネが『ハンターウルフ』に、それ以外のものが『シルバニアウルフ』に進化した。

次いでガラヤンが『オリハルコンランドトータス』、リルハンが『ミスリルアイルトータス』に進化した。どうやら彼らはサイズが大きくなったようだ。

【感覚共有】で見える景色に俺は微笑む。

『森に満ちた魔力により、瘴気がどんどんと押し返されていきます……！　王都のシオウとアサギも進化したようですね』

シオウは『ホーリーボルティックドラゴン』に、アサギは『ディバインアイスドラゴン』になったそうだ。卵から育てた二人は、俺にとって子ども同然。その成長には胸が熱くなる。

『エレインから報告がありましたが、シオウとアサギ、そしてすでに進化を終えた四聖霊で、聖属性の領域魔法を展開しているようで……王都の周辺の瘴気、および瘴魔が次々と浄化されていきます』

よし！　これなら王都も問題ないだろう。

あとは俺が、するべきことをやるだけだ。

「俺たちも行こう。世界樹のところへ！」

エレインの湖に転移した俺たちは、そのまま上空に向かう。

空から地上を見渡すと、混沌の森の中心に瘴気の渦が発生していた。

「アモン、あそこだ！　瘴気の渦の中心！　あそこに世界樹がある……」

そこには一本の樹……世界樹の枝葉が生えていて、その横にはロッテの体に受肉したルキフェルがいた。

「ライルくんの力は反則級だね。一人で抱えていい能力じゃないよ」

ルキフェルが呆れたように笑った。

「俺の力じゃない。俺と従魔とみんなの力だ」

「あっそ……君はその強大な力で世界樹を切り倒す。そしてハッピーエンドってわけか。姉さんのプラン通りだ」

全てを諦めたように、彼が夜空を見上げた。

「違う。そうすると、下層にある精霊界と魔界が完全に滅んでしまう。俺はそんなの嫌だ」

精霊界はエレインたちの故郷だ。

カムラは魔王だったらしいから……きっと、俺がカムラと会った場所こそ、魔界なんだろう。

つまり魔界が滅べば、あちらにいるカムラもマーサおばあちゃんも居場所を失ってしまう。

「俺が世界樹を延命させる。ルキフェルが協力してくれれば、それができるんだ」

俺は考えていた計画をゆっくり話す。

「今、聖獣の森の周りには、俺の魔力がふんだんにある。ここ、聖獣の森近辺はもはや聖獣――アモンの領域だ。他の従魔たちにも協力してもらって、瘴気の封印を維持するんだ。不死鳥の島のように」

以前、不死鳥の島では、リグラスクさんの神域であることを利用して、精霊による結界の強化が行われた。それと同じことを、ここでもやる。

森を漂うたくさんの聖属性の魔力とその魔力を受けた銀狼をはじめとする従魔、そして四元の聖霊であるエレインたち……不死鳥の島が行った封印の強化を超える、最高レベルのものになるはず。アモンの領域だが、先ほど俺が大量の魔力を流し込んだことで、彼、そして眷属であるフェルにも変化があった。これなら今まで通りに森で暮らし、バーシーヌを見守りながら封印を維持してくれるだろう。

「世界樹のすぐそばで、闇の領域を展開し続ける人員が欲しい。君は闇の妖精の始祖。旧世界で闇を司っていた存在だからできるだろ」

リグラスクさんは元々ルキフェルの眷属、デーモンだ。種族が変わってしまっているとはいえ、彼ができることを主のルキフェルができないはずがない。

四元素と光……聖属性に闇属性。六つの属性が揃えば、かつてないほど強固な結界になる。

興味深そうに聞いていたルキフェルが、白けた顔になった。

「まあ、闇の領域を展開することはできるけど……無理だよ。シャルロッテさんがいくら優秀な器でも、瘴気に侵された世界樹の隣に居続けるのは耐えきれない」

「ロッテの体じゃね。でも、俺の体なら【瘴気耐性《しょうきたいせい》】があるから大丈夫。こっちに乗り換えてよ」

「ちょっと、ライル。何言ってるの？」

「そうだよ。それじゃあまるで、ライルがここに残るみたいな言い方じゃん」

首を傾げるアモンとノクスに、『もうちょっとだけ待っててね』と【念話】する。

「君の願いはただ彼女のそばにいることだろ？　いいじゃん」

「何を知ったような口を……！」

「君は今で言う不死鳥の島にある枝葉の近くで、瘴気の果実を食べたんだろ。『宵闇の支配者』に意識を取り込まれた時、偶然君の魂の欠片に触れたんだ」

別に見ようと思っていたわけじゃない。見えてしまっただけだ。

『宵闇の支配者』に食べられても、強い魂の持ち主ならそう簡単に取り込まれない。

瘴気が満ちた果実を口にし、ルキフェルは眠りに落ちた。

しかし、苦しむ世界樹の悲鳴が聞こえ、ある日彼は覚醒する。そして『宵闇の支配者』から無理やり抜け出した。

やがて彼は現実を知った。自分が一万年以上も意識を失っていて、その間に世界が彼女……世界樹を犠牲にして平穏を得ていることを。

瘴気に満ちた世を目指したのは、世界樹の苦痛など知りもしないこの世界の生命に対する復讐だ。

そこには、瘴気に魅入られて世界樹を苦しませる原因を作った、自分自身も含まれていたのだろう。

ルキフェルは黙って俺を睨みつける。

「同情でもするつもり？」

「しないよ」

はっきりと返す。

「君の軽率《けいそつ》な行いは、多くの不幸をばらまいた。もう君の事情なんてどうでもいいんだ。俺は俺のやりたいことをやる。俺がしたいのは君との交渉《こうしょう》、そして契約だ」

「交渉と契約？」

「君の最大の目的は、世界樹のそばにいること。だけど彼女はもう限界だ。そばにいられるのは短い間だけだろう」

「彼女の苦しみを知りながら、黙って見ていればよかったの？　そんなのごめんだね」

「ルキフェル、俺に受肉するんだ。俺はエルフの血を引いているから、百年単位で世界樹の苦痛を軽減しながら延命できるかもしれない。君も、より長く彼女の近くにいられると思う。運が良ければ延命している間に、世界樹を救う方法も見つかる」

ルキフェルが目の色を変えた。

世界樹再封印作戦……最大のポイントは、ルキフェルを俺の体に移し、闇の領域を展開することだ。

それを実現するために、俺がこの場に残る必要がある。

「やっぱりその話おかしいよ！　ライルが僕たちと一緒にいられないんだよ！」

「嫌だよ！　僕はアモンとライルと、二人と一緒がいいんだ！　ライルはそれを知っているじゃないか！」

「ごめん」

俺がそう言うと、二人は「嫌だ嫌だ」と言うように懸命に首を振った。

「だけどもうたくさんだよ。瘴気なんてもののせいで、みんなが不幸になるのは。なすすべなく巻き込まれたリーナさんやフィオナさん、アビスペル……悪いやつだったけど、ゾグラとナラ、17番だってそうだ。瘴気さえなければ、みんなの運命が狂うことはなかった。これからそんな人がもっと増える？　絶対ダメだ」

「また、僕を置いていくの？」

「俺が闇の領域を、アモンが聖属性の領域を展開する必要がある。一緒にいたら封印できないから……それに、みんなを任せられるのは聖獣であるアモンだけなんだ」

俺がそう言うと、アモンは何か悟ったような顔になった。

「……わかった」

「何言ってるの⁉　ダメだよ！　みんなで一緒にいようよ！　もっといい方法があるよ！」

ノクスが納得いかずに泣き叫んだ。

俺はさっきも言った言葉で彼を諭す。

「これからもアモンの弟として、そばにいてあげて」

「ずるいよ、そんなの……僕は……」

ノクスはぽろぽろと涙をこぼし、アモンの背に顔をうずめた。

俺はルキフェルに告げる。

「もうまもなく日が昇る。妖精族の力は月光で増幅されるんでしょ？　早くしよう」

ルキフェルは頷いて、月光の下に出てきた。こちらに近づき、俺の胸に触れる。

自分の中に、何か別のものが入り込む感覚を覚えた。

崩れ落ちるロッテの体を抱き止める。

しばらくすると、受肉の影響か自分の肉体が変化するのを感じた。鏡がないからわからないけど、頭から角が生えているみたいだ。

受肉したはずのルキフェルではなく、俺の意識が表に出ているのはどういう理屈だろう。

闇の使徒が抜けて、ロッテ——いや、光の使徒、ガブリエルが目を覚ます。

「あなた……本当に再封印をするつもり？」

「はい。ルキフェルに邪魔されたことで、世界樹の幹を切り倒す力はもう残っていないでしょう？

今はこれが最善策です……その前に一つお願いがあります」

ガブリエルは頷いた。

「わかってるわ。枝葉の一本くらいは切り落としてみせましょう」

彼女はそう言うと、自身の手元に自らが宿っていた宝剣を呼び寄せた。

俺たちから離れ、虚空《こくう》に向かってそれを振るう。

衝撃が世界を揺らした。

「一体何をしたの？」

アモンが落ち着いた様子で聞く。

「不死鳥の島に伸びる枝葉を切ったの。残る瘴気封印の地、西の海溝と北の凍土はまだ封印が機能しているわ。こちらさえ封印すれば、しばらくは大丈夫……」

それだけ言って、ガブリエルは意識を失った。

俺はロッテの体を、アモンに託す。

「もう会えないと思ってたのに、この世界まで追いかけてきてくれて嬉しかった。ありがとう、アモン。今度こそお別れだ」

アモンはそれに対して何も言わない。

ノクスは顔をうずめたまま泣いている。

……最後に笑った顔が見たかったんだけどな。

俺はもう一度「ありがとう」と言って、世界樹のそばに向かった。

そっと枝葉に触れると、手がずぶずぶと沈み込んでいく。そして俺は樹の中に身を落とした。

◆

聖獣の森に朝日が差し込む。

僕――アモンはノクスとロッテを連れて、聖獣の祠に帰ってきた。

そこには王都から飛んできたであろうシオウとアサギ。そしてエレインたち四聖霊が待っていた。

ヴェルデと、眷属であるスイもいる。

さっきまでの僕たちの会話は、ライルが【感覚共有】をしていたため、全ての従魔に知れ渡っているんだ。

「アモン！　ノクス！」

アサギが抱き着いてきた。

ヴェルデが【念話】してくる。

『アモン様だけにお伝えしたいことが……ライル様が、私に従魔契約を破棄する権限を委任《いにん》されました』

『どういうこと？』

『聖獣の主人となれる者が現れたら、自分との契約を破棄して、その人に仕えるようにと。おそらく言い伝えを意識してのことかと』

――聖獣の主人となるもの世界を渡り百千の種の主人となりて悪しきものを滅す

あぁ、そうか。ライルはルキフェルが悪しきものだとは限らないと思ったのか。

瘴気の問題は先送りされただけで、解決してはいない。これからも同じような危機が訪れる可能性はある。

そんなことばかりに頭を回して……どうしてライルはいつもそうなんだろう。

祠に従魔たちが次々と集まってくる。

シリウスをはじめとする銀狼たち、トータス一家、ソピアたちゴブリン軍……みんな悲しそうな顔だ。

ライルはわかってないんだよ。みんながどれだけ自分のことを大好きなのか。

だから、一人で犠牲になろうとするんだ。

その時、近くの茂《しげ》みから何かの気配が近づいてきた。

「そこにいるの、誰?」

「やっと着いた……こんな短い足じゃ走れやしない」

茂みから現れたのは、白い虎?　のぬいぐるみだ。

多分、フィオナが作って村の子どもたちにあげたものだと思う。彼女が作るぬいぐるみは動物をモチーフにしており、独特なセンスによって色や形にアレンジが入る。

このぬいぐるみも色はともかく、辛うじて虎かな?　とわかるような見た目になってしまっていた。

……っていうか、ぬいぐるみが喋った?

「アモン、久しぶりだな。俺だ。ガルだ」

「え？　ガルなの？　神様の？」

ガルは聖獣の森を守る獣神だ。

僕は驚きながらも彼をみんなに紹介した。

「ねぇ！　神様なら父上を助けてよ！」

シオウがガルに迫る。

ガルはぬいぐるみの手で頭を掻いた。

「その話をするために来たんだ。この体だって、カムラが無理やり俺を地上に下ろしたからで……アモン、ライル救える方法があるんだ。俺の計画に乗らないか？」

「えっ」

僕は思わず警戒してしまう。ライルに「いきなりやって来て、おいしい話をしてくる人についてっちゃダメだよ」と言われているんだ。

そんな様子を見て、ガルが短い手を一生懸命振りながら否定する。

「怪しい話じゃねぇよ！　いいか聞け。鍵を握るのが、そいつ……スイの本体だった樹だ。結論から言うと、そいつは新たな世界樹候補として、カムラとガイアスが植えた樹の一つなんだ」

スイが植えられたのは、英雄が瘴気を封印した直後のことだという。

カムラたちは世界樹がいずれ限界を迎えることに気付いていて、この世界と魔界、精霊界を繋ぎ、維持する役割を分担させる計画を立てていたそうだ。

「スイってもしかして、ヴェルデより年上?」

シオウが聞くと、彼女は恥ずかしそうに俯いた。

「はい。ただ、私は手にしたエネルギーのほとんどを、根を伸ばすことに回していたので、精霊としての成熟《せいじゅく》がとても遅かったのです」

スイは地上部がほとんど成長しないけど、根は伸び続ける樹なんだって。

「元々はもう百年ほどかけて体を成熟させてから、【実体化】するつもりでした。ですが、数年前、ヴェルデ様に『祠の守護を任せられるものが欲しい』と打診されまして……世界樹などのお話は、沃土の大精霊様からつい先ほど知らされたんです」

「僕らでその樹をあと百年くらい育てれば、世界樹の代わりになる? そうすれば、ライルが闇の領域を展開する必要もなくなるの?」

僕が聞くと、ガルは「ちょっと違うな」と答えた。

「あの馬鹿はファインプレーをしたんだ。あいつ、膨大な魔力を森全体に注いだだろ? そのおかげで樹が聖属性の気をたっぷり吸って急成長した。根が魔界の底に届くほどにな。これであれば、すでにこの樹を新たな世界樹の依り代にできる」

新しい世界樹があれば、この世界は魔界と精霊界を切り離さずに済むらしい。

「ただ、そのためには旧世界樹を浄化して、その魂を救わないといけない。新しい世界樹ができたところで、瘴気に満ちた方が残ってちゃ意味ないからな……お前が行った時点でライルの封印計画はおじゃんだ。浄化に失敗すれば、また世界がパニックになる」

「僕にできる？」

「お前とフェルの命懸けの【浄火】で、五分五分ってところだな」

「時間があるなら、みんなで修業するよ！　強くなれば、アモンが浄化できる確率も上がるんだろ？」

シオウが提案したけど、ガルは首を横に振った。

「その時間はないんだよ。こうしている間も、世界樹が瘴気を吸い上げてるから……時間が経つほど難度も上がる。それに、あんまり待つとライルとルキフェルの心が一つに同化しちまうからな。早ければ早いほどいいんだ」

僕はライルでも蓮でも大好きだ。でも、彼が他の誰かと混ざってしまうのは……なんだか嫌かもしれない。

「じゃあ、今から行くのが一番いいんだね」

すると、ずっと僕の背中で泣いていたノクスが口を開く。

「それじゃあ結局一緒だよ。上手くいったって今度はアモンがいなくなっちゃうじゃないか……」

「それでも僕は行くしかない。リグラスクが前に言ってたんだ。ライルが誰かを救わずにはいられないのは、死んでも治らない病気みたいなものだって。本当にそうなんだなって、今回のことでよーくわかったよ」

だってつい一昨日、もう不安な思いはさせないって約束したばっかりなのに、結局一人で行っちゃったんだから。

冷静になってきたら、なんだか呆れちゃった。

「僕が追いかけるしかないんだ。どこまでも。本当に世話の焼ける主人だよ――だから、みんなで会いに行かない？」

ノクスが目を丸くする。

悟に会って気付いた。

僕はあの時蓮しか見えてなくて、悟や村長たちのことを見てなかったそのあとだって、彼の痛みを想像したこともなかった。

きっとみんな幸せに暮らしてるって勝手に思って、僕はこの世界で生きてきた。

だから僕の言葉は最初、悟に届かなかったんだ。

だけど、もう悟みたいな思いを誰かにさせちゃダメなんだ。

世界の危機なんだから、みんなで一緒に行かなくちゃ！

「みんなで一緒に行こう！　僕のユニークスキルでみんなを連れていく。どこまでも！」

僕はそう言うと、銀狼たちが吠えた。

「その方が、上手くいく確率が高いでしょ？」

「ああ、俺もそう提案するつもりだったんだが……自分で答えを見つけたんだな」

ガルが微笑み、さらに続ける。

「だが世界を越えるためには、お前がフェルと一緒に作る白炎の領域が必要だろ？　あれはライルとノクス以外は入れないんじゃないのか？」

そうだった。フェルと作る白炎の領域は、ノクスとライル以外は、熱くて入ることもできないんだった。

「それなら俺に作戦がある。上手くいくかはわからないけどな」

そう声を上げたアーデが、お手製のマジックバッグから木細工を取り出す。

「これはなんなの？」

アサギが興味深そうに眺める。

「ヴェルデの本体……聖獣の森に生えてた大樹で作ったアクセサリーだ」

「僕の尻尾飾りやアモンの足輪と同じやつ？」

お尻を突き出しながら、ノクスが尋ねた。

「そうだ。俺はいろんなものに術式を付与して魔道具を作っているが、実は素材が大事なんだ。中でもあの大樹は一級品の素材だ」

「もしかして、これにも特別な術式が付与してあるの？」

「あぁ、【空《から》の術式《じゅつしき》】をな」

「空っぽってこと？」

僕の質問にアーデは頷く。

「俺が大樹で作ったアクセサリーは、特定の能力を付与していない。ただの入れ物なんだ。ヴェルデの大木が元々持ってた特性と合わさって、特殊な代物になっている……このアクセサリーは、個人の願いに応じて力を与えるのさ」

「なんだそれ。御伽噺《おとぎばなし》みたいだな」

ガルが驚いたように言う。神様でも、こんな魔道具は聞いたことがないみたいだ。

「まぁな。だがヴェルデの樹は、人の願いを託されてあの場所に植えられたものだ。人々が聖獣様の祠に願う姿を、ずっと見つめてきたから、そうした性質を持ったのかもな」

「俺が聖獣だった頃より昔から、あの樹は生えていたもんな……」

そう言って、ガルが納得した様子を見せた。

アーデはさらに説明を続ける。

「ノクスの『アモンとライルと一緒にいたい』って願いを、このアクセサリーが叶えたことでノクスは一緒に領域に入る力を得たんだ」

アーデはノクスがこのアクセサリーをつけた翌朝に、【聖獣の弟】の称号に効果が追加されたことを、ヴェルデから知らされていたらしい。

ノクスが嬉しそうに自分の尾《お》っぽの飾りを見つめる。

「じゃあ、フェルが宿ったのは僕の願い?」

僕が前脚を見せると、アーデは首を横に振った。

「それはフェルの願いだ。チマージルに行った頃のアモン様って、特に何かを願うでもなく、毎日を楽しく生きていただろ?」

確かにそうだ。

アーデの言う通り、あの頃の僕はライルと一緒にいられるだけで嬉しくて、満たされていた。

「毎日を楽しくしたいってのも、立派な願いだと思うぜ。でも、そのアクセサリーが力を得るには、渇望《かつぼう》することが大事なんだと思う。願いを叶えるアクセサリーはたくさん用意してある。いつか必要になる時が来るんじゃないかと思っていたから。だが……」

アーデが少し表情を曇《くも》らせた。

「こんなの、普通は魔道具の領分じゃない。フェルを見ろ。フェルは願いを叶えるために、己の在り方そのものを変えてしまった。この魔道具の力はそれだけ計り知れないんだ」

フェルが足輪と一体化した一件で、このアクセサリーを封印しておこうと決めたそうだ。

だけど自分たちが進化する際、アクセサリーの効果でよりライルやみんなを守れるようにと、その力を借りたみたい。

アーデたちは聖霊に進化した。ルベルスたちも同じように、このアクセサリーの力を借りて晶霊に進化した……というか、不死鳥の島のみんなについては、使い終わったあとに沃土の大精霊さんから事後報告されたそうだ。

やはりトパゾスが推察していた通り、沃土の大精霊さんが勝手に持っていってしまったらしい。

「ただ、願いを叶えるのに必要な条件がこれで全てかわからないから、ノクスもフェルも俺たちも、かなり特殊な存在だ。幻惑属性を持つ魔物と不死鳥様の一部だからな。確実にみんなの願いが叶うとは――」

「「それでも使いたい！」」

アーデの不安をはねのけるように、アサギとシオウが歩み出た。

「俺、ずっとノクスの称号が羨ましかったんだ。父上は名前をくれたし、俺を息子だって言ってくれた。従魔としての絆《きずな》だって確かに感じる。それだけで十分なはずなのに。それでも家族の証みたいな称号が俺も欲しかったんだ」

シオウの言葉にアサギが続く。

「私は父上に嫌いって言っちゃったままだから」

アサギはロッテとフィオナの想いに鈍いライルにイラッとして、聖武大会の時に「そういうところが大嫌い」と言い放った。

その後も意地を張ってしまって、距離ができたままだったのだ。

「ちゃんと大好きだって言いに行かないと」

まだ決心がつかない様子のアーデに、アサギはさらに付け加える。

「大丈夫よ。私たちはバーシーヌの王都を瘴気から守ったドラゴン。格の高さならチマージルを守護するフェルに負けないはず!」

「格」という言葉に、シリウスが乗っかる。

「じゃあ、俺も大丈夫だな。親父……先代、先々代と聖獣だった家系だし、アモン様がいなければきっと聖獣になるはずだったし」

「それはどうかしら。私はユキの方が聖獣っぽいと思うけど」

アサギがからかうと、シリウスはちょっと口を尖らせた。

「でも、親父みたいにフェンリルに進化したたし……」

それに対してガルが口を開く。

「フェンリルになったのは進化条件を満たしたからだろう。聖獣になれるかどうかとは関係がない。歴代の中には、シルバニアウルフが聖獣だった例もあるぞ」

「じゃあ、俺たちにも資格はあるっすよ。シルバニアウルフなんすから」

コテツがそう言ったのを皮切りに、銀狼たちが一斉に遠吠えした。

今度はガラヤンが体を揺らしてアピールする。

「ワイを忘れてたらあかんで！　オリハルコンランドトータスに進化したんや。間違いなく伝説級や」

「ワイ、伝説の精霊鋼《スピルナイト》が採れる亀やから」

子亀のカメジロウが言うと、姉のカメンヌが体を球のようにして飛んできた。

「こすいであんた。ちょっと珍しい鉱物だからって」

「せやせや」

カメンヌの文句に、他の子亀たちも賛成する。

「はいはい。みんなで仲良く行きはりましょう」

お母さんのリルハンが子亀たちをなだめた。

「私ももちろん行きます。彼らを率いて、必ずまたライル様のもとへ」

ソピアが決意すると、群れのゴブリンたちも胸に拳を当てた。

「……わかったよ」

みんなの意見を受けて、アーデは覚悟を決めたみたいだ。

アクセサリーを次々と取り出し、それぞれに渡していく。


アーデを手伝っていると、後ろから声がかかった。

「アーデ、僕らの分もあるかい?」

姿を現したのはシャリアスだ。

リナとヒューゴ、ジーノも一緒だ。【感覚共有】していたジーノから話は聞いていたみたい。

『瞬刻の刃』の中で、シンシアだけがいないけど……彼女はトレックに残り、お父さんの看病をしているそうだ。

「自分で言うのは恥ずかしいけど、僕は『銀の射手』という二つ名を持つ大戦の英雄だ。それに、今では精霊になった。僕も孫を迎えに行きたいんだ」

「私は英雄と聖女の娘よ。アクセサリーをつけるには十分な格があるはずだし、絶対についていくわ。母の死を眺めているだけだったあの時とは違う。今は私が母親になったんだから」

「もちろん父親もな。息子のピンチなんだ。助けに行って当然だろ」

そう言って、それぞれがアクセサリーを手に取る。

「俺も行くよー。俺はライルの従魔だしねー。己の在り方が変わったところで、今更だし」

確かにジーノは人間から魔物になった存在だ。デュラハンになったことに比べたら、些細なことかも。

ジーノに飾りを渡す。

するとシャリアスたちの後を追いかけてきたのか、息を切らせたフィオナが走ってきた。従魔であるシフォンたちも、ぬいぐるみ姿でついてきている。

「この子たちは伝説の三巨人です。その主人たる私も、力はあると思います。それに私は――」

「ライルが好きなのね」

フィオナの言葉を遮ったのは、羽の生えたロッテだ。意識を失っていたから、彼女は木陰に寝かせていたんだけど……体に受肉したガブリエルが力尽きたことで、眠っていたロッテの心が目を覚ましたみたい。

体を乗っ取られながらも、事情は聞こえていたそうだ。

「こんなにきれいで強い子を地元に隠してたなんて……帰ってきたら、文句を言ってやるんだから。私はバーシーヌ国王の孫娘、シャルロッテ。あなたは？」

「フィオナと申します。シャルロッテ様」

「そっか……あなたが、チマージルからやって来た王女様なのね。私のことはロッテと呼んで」

ロッテは王家の秘密を知った時に、チマージルを亡命し、トレックで暮らすフィオナのことも少し聞いていたみたい。

「ロッテも行くの？」

僕が尋ねると、彼女は首を横に振った。

「行かないわ。でもこれはもらっておく。眠っている間に自分の魂と向き合ったの。私は王都で務めを果たすわ。これまでの事情をおじい様たちに報告しないと。みんなが、世界樹を浄化しに行くこともね」

今のロッテはガブリエルが受肉した影響で羽が生えている。妖精族特有のそれは、ここから王都までひとっ飛びできるそうだ。

彼女はフィオナの方に向き直り、口を開いた。

「あなたにお願いがあるの。アモンたちがライルのもとに向かったら、再び瘴気の封印が緩み、一時的に瘴魔が現れると思う。この森には今、聖属性の魔力が満ちているからそこまで強くはないでしょうけど……瘴魔を倒してくれる人が必要だわ。別に抜け駆けさせたくないから言っているわけじゃないのよ。とっても危険なことを頼んでいる自覚はあるけど、あなたと三巨人の力が必要なの」

フィオナはロッテの目をじっと見ると、表情を緩めた。

「わかりました、ロッテ様……実は世界の危機でも、あまり心配はしていないんです。私たちの好きな人って、とっても強くて、どんなに無茶なことでも必ずやり遂げてしまう人でしょう？　アモン様も向かわれるのであれば、絶対に大丈夫です」

その答えを聞くと、ロッテはフィオナの胸に手を当てた。

「確かにそうね。私たちはライルと強く結びついているから、大丈夫。するべきことをやりましょう」

アクセサリーを受け取り、ロッテとフィオナは去っていった。

「みんなお揃いみたいね」

彼女たちを見送ると、空からピンク色の巨大なドラゴンが下りてきた。ファンちゃんだ。

「今まで何してたの？」

「空は古龍たちに任せて、私は夢の世界の方でちょっとね。蹴散らせるものは蹴散らしてたわ」

何を言っているのかさっぱりだけど、なんか手伝ってくれていたっぽい。

「ちょうどいいところに来てくれたわ。あなたが泡沫から生まれながら、希望へ昇華《しょうか》した幻想龍《げんそうりゅう》ね？」

エレインの背後から溟海の大精霊さんが現れ、ファンちゃんに聞く。

「あら、その呼ばれ方は嫌いなのだけど……大精霊様が私に何か？」

「あなたの力を借りたいのよ。私たち大精霊は夢の世界に結界を張ろうと思うの。【夢空間】を使って、あちらまで連れていってくれないかしら」

溟海の大精霊さんの言葉に、エレインが驚いた顔をする。

「まさか瘴気の封印同様、四元素の精霊として身を挺し、結界となるおつもりですか!?　世界を閉ざすとなれば、もうこちらの世界にも精霊界にも戻れなく――」

「ええ。承知の上です。これは大精霊の総意。あなたたちも、不死鳥の島のあの子たちも頑張っているのです。我々も威厳を見せなくては」

その言葉にエレインが口をつぐみ、頭を下げた。

アーデとバルカン、ゼフィアも真似をする。

ファンちゃんが【夢空間】を開き、大精霊さんたちが中に消える。

やがて全ての準備が整った。太陽が高くなり、聖獣の森が日の光で白く照らされる。

「よし！　それじゃあ行こう！」

僕の号令で、みんなは思い思いに声を上げた。

◆

真っ暗な世界で俺——ライルは一人漂っていた。

ここは世界樹の内側。

まだ当分はライルでいられるだろうけど……そのうちルキフェルと心が同化するだろう。

それに、ここには誰もいない。

俺が何者であっても、それを映す他者がいないんだから関係ないか。

覚悟はしていたけど……ここに来て初めて気付いた。

そういえば、俺は一人ぼっちになんてなったことがなかったと。

孤独《こどく》を感じたことはあったけど、一人きりになったことはない。

それは前世でも今世でも島のみんなが、家族が、友達が、そしてアモンや従魔が、誰かが、そばにいてくれたから。

思ったより早くホームシックになり、焦る。

まあ、そう感じるのも今だけか。きっとルキフェルと一つになれば、世界樹と一緒にいるという満足感が、孤独を埋めてくれるはず。

そんなことを考えながら、自分の中にあるルキフェルの魂に探りを入れる。

やっぱりそうだ。あいつには、他人の魂の欠片が混じっている。ルキフェルの魂の欠片が『宵闇の支配者』の中に残っていたからおかしいと思ったんだ。

長い間『宵闇の支配者』に食われていたことで、知らず知らずのうちに【瘴魔化】した他人の魂の欠片が混ざってしまったんだろう。

負の感情を鎮める力が暴走し、正反対の効果になったのも、これが原因か……難儀《なんぎ》なやつだな。

俺はルキフェルに混じった不純物を取り除く。

さてとりあえず、眠ろうかな。

そう思って目を閉じていたんだけど……

なんだか、暗闇の中に明るさを感じる。

俺は目を開けた。

暗闇の中に、一筋の白炎の道ができている。

そこをアモンを先頭に、俺の家族と従魔が駆けてくるのだ。

まだ数時間も経ってないのに……こんな夢を見るとは重症だ。

「ライルー！　ライルーー！」

大好きなアモンの声、それだけじゃなくて、みんなの声も聞こえる。

『ライル！』

魂の奥まで響くアモンの叫びがして、俺は意識をはっきりと覚醒させた。

目の前の光景は、夢でも幻《まぼろし》でもない。

「アモン、どうしてここに来ちゃったの!?　それにみんなまで！」

「そんな説明はあとだよ！　世界樹を急いで浄化するんだ！」

「えっ!?　なんの話!?」

「世界樹を浄化して、魂を救い出す！　そうすれば、世界も樹も助かるんだ。さっさと準備しろ！」

そう声を荒らげるのは、おじいちゃんの肩にいる白い虎？　のぬいぐるみ。

フィオナさんが連れている三巨人ではないし……誰だろう。

「ガルだよ！　きょとんとした顔しやがって……いいか聞け、ルキフェル！　カムラからの伝言だ！　『私たちが友人を簡単に諦めるわけがないだろう』ってよ！」

その瞬間、体の奥で何かが大きく脈打った。

多分、ルキフェルだ。俺の心の内側で、今の呼びかけに反応している。

「ルキフェル。俺の合図と同時に闇の領域を解け。そこをライルとアモンたちで一気に浄化する。世界樹の魂は必ず救うから心配するな！」

「ライル、やるよ。僕らの魔法で！」

状況は何も理解できなかった。だけど理解する必要はない。

今この瞬間、アモンとその全てを信じれば上手くいくんだと思ったから。

あとは、ルキフェルがいきなり舞い込んだこの荒唐無稽《こうとうむけい》な話に乗ってくれるかだけど……

「行くぞ……三、二、一、零《ぜろ》！」

闇の領域が解除された。

俺は【亜空間】からオリハルコンの矢を出し、渾身《こんしん》の力で弓を引く。アモンを通してみんなの魔力が矢に集まっていく。

ふと、脳裏に聖獣の森の光景が浮かんだ。

森の魔物たちが、そしてトレックと森の民の村のみんなが、小精霊たちが、聖獣の森の元素聖霊たちを通して魔力を伝えてくる。

世界樹から溢れる瘴魔をフィオナさんと三巨人、ディランさんが倒しているのも見えた……それだけじゃない。

俺の【魔天眼】は、白炎のそばを通る流星のような無数の魔力の流れを捉えた。

他の場所にいる人たちの姿が次々と頭の中に浮かぶ。

王都では学園のみんなが、町のあちこちで手を繋いでいた。その中にはマルコとその従魔、アスラたち冒険者がいる。各ギルドでも多くの人が祈るように目をつぶっていた。

王城の塔、その最上階に王家の皆さんがいて、ガブリエルの力を借りるロッテを通してこちらに魔力を送っているのがわかった。

さらに見えたのは不死鳥の島。晶霊たち、リーナさんやヴァンパイアに、フィオナのもう一人の父、ザックさんの姿だ。

チマージルの王都には女王のレイアさん、そしてリグラスクさんがいて、聖獣の森へ魔力を飛ばしているようだった。国民たちも同様だ。

あちらの国は闇属性の魔石の影響で魔力が霧散してしまうはず。一体どうしてここまで？

その答えは白炎の道のそばを通る、小さくきらめく光にあった。

『宵闇の支配者』に食われていたからわかる。これはあちらにいた魂の欠片だ。

もしかしたら魂の欠片にくっつくようにして、ここまで魔力を届けているのかもしれない。

ああ、これは……

「みんなライルの帰りを待ってるよ。だから……一緒に帰ろう」

アモンの言葉が嬉しくて、みんなの魔力が温かくて、少しだけこの魔力を手放すのは惜しいと思った。

まぁ、そうもいかないか。俺は自身の魔力もしっかりと込めて、矢を放つ。

俺とアモン、みんなの力を束ねた聖霊魔法――【大聖霊《だいせいれい》の花園《はなぞの》】が世界樹にぶつかった。

◆

世界樹の枝葉があった上空に、色とりどりの花が螺旋《らせん》を描いて柱を作る。

それは天へ到達しそうなほど高くなり、花弁が空を舞った。

花の柱の中から、ライルたちが出てくる。

その光景を見たスイは思わず息を呑んだ。

いくら聖獣の森が聖属性の魔力で満ち溢れているとはいえ、フィオナと三巨人だけでは入り組んだ森を守り切れない。

スイはヴェルデと共に湖の畔《ほとり》に残り、瘴魔を倒していた。

隣に立っていたヴェルデが口を開く。

「私はずっと疑問に思っていました。いくらライル様が素晴らしい方とはいえ、彼と関わった者はなぜ皆成長が著《いちじる》しいのだろうと……従魔契約している我々はともかく、背中を見ているだけの人間たちが、ここまでが強くなっていくものだろうかと。今回の件であの鹿人族の親子との出会いの話を伺い、ある仮説を立てたのです」

そう言ったヴェルデが、さらに続ける。

「ライル様は私たちと出会う以前、まだアモン様とも再会なさっていない時に、【完全獣化】していたホワイトディアと魂で会話をしていました。従魔契約できる魔物や精霊ならともかく、彼らは鹿人族……つまり人です。そんなことはありえない」

「ヴェルデ様、いきなりなんのお話ですか?」

スイが首を傾げる。

「ライル様の魂を深く探りました。するとこんなものが……」

ヴェルデは複数のステータスボードを開く。

それはロッテやフィオナ、ライルの同級生たちのものだった。

それを見てスイは開いた口が塞がらない。

ヴェルデが【系譜の管理者】で閲覧できるステータスボードは主であるライル、そして彼と契約している従魔のものだけだ。

「もちろん、従魔契約しているわけがありません。しかし、彼らとの間にライル様は確実に、従魔たちと同じような魂の繋がりを確立している。ライル様と関わった人間は、少なからず彼のユニークスキル【共生】の影響を受けているのでは？」

【共生】はライルの力に応じて従魔の能力を上げ、彼自身にも特別な力を与える。

「従魔術は人を魔物よりも上の存在と定義することで、契約――魂の繋がりを生み出します。人とも契約できるのだとすれば、ライル様は一体何者なのでしょう……？」

スイが口にすると、ヴェルデは空を見上げた。

「人よりも上の存在――神なのかもしれません」

◆

帰ってきた俺を待っていたのは、みんなの歓迎……ではなかった。

俺は聖獣の祠の前に正座させられ、ノクスに、シオウとアサギに、家族に、従魔たちにすごく怒られた。滅多に怒らないヴェルデとフィオナさんにまで笑顔で詰められ、俺は恐怖した。

どさくさに紛《まぎ》れて、お馬鹿さん代表とも言えるジーノさんにまで叱られたのは、さすがに解《げ》せない。

結果オーライだからいいじゃん！　と思ったが、口に出したら火に油を注ぐだけなので黙っておく。

言わずにいろいろと決めた俺が悪いけどさ……アモンだけ何も言ってこないのが、逆に不安だ。

大人しく叱られていると、祠が光り輝き、中から二人の人物が現れた。

一人は俺もよく知る転生神、カムラだ。俺の家族なんかは彼と会ったことがないはずだけど……直感的に高位の存在だと察したのか、丁寧にお辞儀をしている。

「カムラだ。ライルには仕事を頼んだゆえ面識があってのう。神とはいえ、儂の役割はただの管理人みたいなものじゃ。気安くしてくれ」

その言葉で、みんなが顔を上げた。

もう一人は、切れ長の目が印象的な幸の薄そうなイケメンだけど……この人は俺も知らない。

誰だろう……多分、初対面だよな？

「精霊王のガイアスと言う。ライル、いつも精霊たちが世話になっているね」

握手を求められたので、俺は立ち上がって素直に応じた。

ところが、ガイアスさんの手を握った途端に、体が動かせなくなった。

彼が慣れた調子で俺の胸をトンッと押す。体の中から何かが出ていく感覚があった。

「痛っ！」

聞き覚えのある声がした方を振り返ると……そこには、ルキフェルが転がっていた。

どうやら、さっきの接触は、俺から彼を引き剥がすためだったみたいだ。

カムラが笑顔でルキフェルに歩み寄る。

いろいろあったけど、彼らは旧世界からの友人だ。再会が喜ばしいんだろう。

ルキフェルの目の前に立ったカムラが、ゆっくりと口を開ける。

そして……

「この馬鹿モンが！」

空が割れるんじゃないかというほど大きな怒声と共に、拳骨《げんこつ》を落とした。

ルキフェルが頭を押さえて身悶《みもだ》える。神の怒りにみんなが静まった。

「エレイン、ガブリエルの器も連れてきなさい。すぐに」

「すぐに」

精霊王の言葉を復唱したエレインが、大急ぎでロッテを連れてきた。

翼を生やしたロッテが地面に降り立つ。

俺と同じことが彼女にも行われ、無事、ガブリエルとの分離が終わった。

神様を目の前に、しばらく呆然としていたロッテだが、すぐに状況を呑み込んだらしい。

周囲を見回し、俺が無事であることを確認して、烈火《れっか》のごとく怒り出した。

その様子に、アモンを除く俺の従魔や家族、フィオナさんも頷く。

……カムラたちが来たことでうやむやになったかなと思っていたけど、あとでまだ怒られそうだ。

俺が再び叱られている隙に、ガイアスさんがガブリエルに拳骨を打っていた。

偉大なはずの妖精族の始祖二人は、子どものようにみんなの前で正座させられている……

彼らには言ってやりたいことがたくさんあったけど、まあ、何も言わないでおこう。

「瘴気により三界間の交流が難しい状況だったとはいえ、お主らには苦労をさせたのう」

そう口火を切ったカムラが、いろいろと教えてくれた。

五十年以上前の、マーサおばあちゃんが亡くなった事件……ちょうどあの事件のあとから、世界樹を瘴気が一気に侵食してしまったそうだ。

カムラはマーサおばあちゃんたち神格を持った存在と一緒に、日々奔走《ほんそう》していたみたい。今のように分身を作り地上にやって来るには、力が足りなかったのだという。

……っていうかカムラ、俺に対していろいろ隠しすぎじゃない？　世界樹の話とかもっと早く教えてくれていればよかったのに。チャンスがあったら、あとで不満を言おう。

また、本来称号を付与する役割を担うはずだったガイアスさんは、あるものを守るのに全身全霊を使っていたため仕事が満足にできなかったそうだ。

【聖女】や【不死鳥《ふしちょう》の巫女《みこ》】といった特殊な称号持ちが生まれなくなったのは、そうした事情だという。

「私が守っていたのが、これなんだ」

そう言って白色に輝く実を取りだした。

「それって、もしかして……！」

正座をしていたルキフェルが身を乗り出した。なんだか目を潤《うる》ませている。

「世界樹の魂さ」

ガイアスさんは、世界樹が【瘴魔化】しないように守り続けていたようだ。

「世界樹を浄化したから、彼女の魂を傷つけずに救い出せたんだ」

そう言うと、彼はスイが宿っていた樹に、それを落とす。

すると樹全体が淡《あわ》く輝いた。

もっとすごいことが起こると思ったのに、意外と地味だな……

だけどルキフェルとガブリエルが嬉し涙を流しているから、きっと本当に世界樹になったんだろう。

「これで、もう瘴気が発生することはないんですか？」

俺が聞くと、カムラとガイアスさんが首を横に振った。

「この世界は夢の世界と長く繋がりすぎたのじゃ。もはや夢の世界なしでは成り立たぬ」

「だけど大精霊たちと幻想龍の力で、夢の世界に結界を張ったんだ。少なくとも他の世界の夢が流れてくることはなくなるから、瘴気の発生率は下がるよ」

エレインが目を伏せて言う。

「それでは、結界となった大精霊様にはもう会えないのですね……」

「そんなことはない。『夢の世界にいるから、夢を通していつでも会いに行けるわね！』と、溟海のはむしろ喜んでいたよ」

その答えに、エレインの悲しげな表情が吹き飛んだ。

「……今後、水の精霊はみな眠らなくなるでしょうね。別にそれでも生きていけますし」

やっぱり溟海の大精霊は苦手なようだ。

俺は笑って言う。

「これからは俺もみんなもゆっくり暮らせるんですね」

いよいよ念願のスローライフができそうで、ワクワクしてくるな。

みんなが盛り上がる中、カムラがなぜか「チッ」と舌打ちをしたのが気になるが……

そう思った途端、視界が白い光に包まれた。


光が収まり、目を開ける。

どうやらカムラの神域……もとい、魔界に連れてこられたみたいだ。久々のカムラの書斎《しょさい》を見た。

招かれたのは、俺と従魔たち、そしてガイアスさんだ。

「仕事の話になるから、こちらに移ったのじゃが……」

カムラは俺を見る。

「他の瘴気封印の地はどうするつもりじゃ？」

「え、他のって……あれ、他のところって今どうなってんの？」

「旧世界樹はなくなった。しかし、枝葉が出ていた場所……西の海溝と北の凍土には瘴気が満ちた果実が落ちてしまっておる。不死鳥の島も、枝葉を切り落としたのだから確認が必要じゃ。そっちも行ってくれないと困るに決まっておろう」

困るって……やっぱり俺が行くんだ。

「でも、世界樹を浄化できた僕らなら余裕だよ」

アモンが自信満々に言うが、カムラは首を横に振った。

「今までは世界樹が瘴気に侵されており、魔力の循環がよくなかった。だが世界が安定し、魔力が均等に巡るようになると魔物たちは強くなる。進化の早い魔物から順に、今の何倍もの力を付けるじゃろうな」

「どれくらい強くなるの？」

「魔界の基準なら、マンティコアで中の下じゃ」

それを聞いてみんなが固まった。

マンティコアって、軍が動くレベルの魔物だよ……

ガイアスさんが苦笑する。

「カムラは脅しているけどね、そこまで魔物が強くなるのはまだまだ先だよ。だけど対策は早めにしておいた方がいい」

「俺たち、何をすればいいんですか？」

首を傾げると、ガイアスさんが教えてくれた。

「今まで通り、精霊と協力すればいいんだ。バルカンとアーデがいれば、神具と遜色《そんしょく》ない一級品の魔道具が作れるはずだよ」

その言葉に、カムラもうんうんと頷く。

「他の精霊にしてもそうじゃ。エレインは空間への干渉能力。ステータスボードを管理し、スキルの統合ができるヴェルデに関しては生来から素質があったが……此度の進化で皆、神格を手にした。彼らの力を借り、人間たちの強化をせよ。さらには【詠唱】の普及に努め、強くなっていく魔物と人が互角に戦えるようにするのじゃ」

「それに瘴気の患者もいなくなりはしない。医療の発展も忘れてはいけないよ」

ガイアスさんがさらっと付け加えるので、俺は顔をひきつらせた。

そっちもやるのか……

話を聞いていたアモンが、俺の足をちょんちょんと突っついた。

「……ねぇ、ライル。ライルが持ってるペンダントを見せてよ。あのヴェルデの大樹から作ったやつ」

「えっ、これのこと？」

俺は服の下からペンダントを引っ張り出し、しゃがんで見せた。

アモンがそれに前脚で触れる。

すると、ペンダントに肉球のマークが付いた。

「うわ、可愛い……ってあれ？　なんか自分の首に下げているのに、触れなくなったんだけど」

ペンダントに触れようとしても、すり抜けて胸を叩いてしまう。

アモンが得意げに鼻を鳴らした。

「それはね、首輪の代わりだよ」

「え？」

「ライルが勝手にどっかに行かないように、僕が願いを込めたの。これからは、僕を置いてけぼりにしようとすると、そのペンダントが引っ張って連れ戻すからね。もう外れないよ」

「……もしかしてアモン、言わないだけですっごく怒ってる？」

「さぁね」

まさか、愛犬から首輪をされる日が来るとは……

「ライルよ」

カムラに呼ばれて顔を上げる。

「儂とガイアスは忙しい。そちらの世界のことは、当分お主に任せるので頑張ってくれ……ただ、ルキフェルはこちらで預かろう。根性《こんじょう》を叩き直してくれるわ。姉の方も儂が仕事を振るから心配するな」

それは助かる。今回数多の事件を引き起こした妖精族の姉弟だが、人間基準じゃ裁《さば》きようがなさそうだしな。

とはいえ、俺の扱いには不満を伝えておきたい。

「でも、前はそんなに頑張るなって言ってたじゃん。今回のトラブル、カムラの秘密主義が原因でもあったと思うんだけど」

軽い気持ちで言ったら、カムラが青筋が立てた。

「ほぅ、不満を言うんじゃな？　こうして伺いを立てていることのありがたさを知らんらしい。そう言うのであれば、こちらもやり方を変えるが、よいのかな？」

「そりゃいいんじゃない？　だって神様なんだし」

トラブルであれば遠慮したいが……相手は神様だ。人間である俺には意見できるまい。

「そうか……わかったぞ」

そう言うと、カムラはいつもの表情に戻った。

「ここは人のための世界ではない。人と精霊と魔物、そして夢からの来訪者が住む世界じゃ。不完全なこの世界で、せいぜい足掻《あが》くがいい」

カムラとガイアスさんが手を振る。

それを合図に、俺たちは元の世界に戻った。


聖獣の祠の前に帰ってきたが、相変わらずこちらの時間は進んでいないみたいだ。

俺は改めて周りを見渡す。

英雄の家族、精霊にドラゴン、たくさんの伝説級の魔物たちと友人。

そして足元に視線を移し、聖獣となった柴犬とその弟を撫でる。

夢の世界から来た魔物と、どこまでも俺を追いかけてくる愛犬。

その誰もが、大切な人たちだ。

彼らと一緒に生きていく限り、きっとこれからも……

異世界じゃスローライフはままならない。

エピローグ

カムラによって連れてこられた魔界にて、妖精族の始祖である姉弟……ガブリエルとルキフェルは、目の前の光景に呆然とした。

数えきれないほどのパズルのピースが、山積みになっているのだ。

ルキフェルがカムラの顔色を窺う。

「まさか、これを組み立てろっていうんじゃ……」

「そうじゃ。大きさにもよるが、千ピースくらいで一個の球体になるはずじゃ」

「球体パズルって……」

ガブリエルが額に手を当てる。

「ピースをよく見よ。これは【瘴魔化】した魂の欠片じゃ」

カムラが組み立てられた数十枚のピースを指差す。

そこには花冠をした少女が笑って歩いていた。彼女と手を繋いでいるのが、この視点の人物……魂の記憶であるらしい。

瘴気に侵された魂は消滅すると思われている。

だが、実際には違う。本当はバラバラに砕けるのだ。

本来はこうして転生神であるカムラの神域に戻ってくるのだが、世界樹が瘴気に侵された影響で、その回収もままならない状態が続いていた。

「これ……組み立てたら輪廻に還るの？」

「長い時間をかけて、ちゃんと手順を踏めばのう。しかし勘違いはするなよ、ルキフェル。前の生が救われるわけではない」

「……わかってるよ」

床に腰を下ろし、ルキフェルはピースを一つずつ集め始めた。

そんな弟の姿に、ガブリエルも横に座って作業をしようと思ったが……そこへ幼い女の子が横入りしてきた。

ルキフェルの隣を陣取る。

「私も一緒にやる！　責任があるもの」

それだけ言って、小さな女の子――世界樹も一緒にパズルを組み立て出す。

「これ、私がお邪魔虫じゃないかしら？」

ガブリエルが小声でカムラにクレームを言うと、「他にも仕事は山ほどあるから安心せぇ」と返された。

眉を寄せつつ、彼女は気になっていたことを尋ねる。

「ねぇ、あのライルって子、一体何者？　結局わからなかったわ」

「なんじゃ、まだ気付いてなかったのか？　自分を生み出した神もわからぬとは情けない……リグラスクは、一目で待ち人に気付いたというのに」

その言葉に、ガブリエルは目を見張った。

「嘘でしょ!?　彼が人界の神様だと言うの？」

こっそり聞き耳を立てていたルキフェルが、口を挟む。

「待ってよ。ライルくんが神様だって？　あの方は弟神を捜しに行ったきり、帰ってこないじゃないか。それにリグラスクの待ち人って……まさか、英雄も彼だったってこと？」

「あやつめ、弟神たちなぞ、さっさと見つけてすぐに帰ってきたわ。それで土産話をうんざりするほど聞かされてな――」

カムラは在りし日のやり取りを思い出す。


長男が見つけた時、弟神たちはすでに別の世界を創造していた。

放棄した世界での反省を生かし、自分の主義に基づいた新たな世界を見守っていたそうだ。

そんな身勝手な弟たちにはもちろん呆れたが……何よりもそれを誇らしそうに話す長男に呆れて

しまった。

そして彼は悟ったらしい。

完璧を目指し作った世界だったが、完璧な世界などないと。

だから神を辞め、一つの命として不完全な世界を生きると決めた。

創造神の転生をカムラが制御できるはずもなく、あちこちの世界に転生することになるが……この世界がピンチの時は必ず駆けつけると言い残して。


「どうしてもっと早く教えてくれなかったのよ」

「言うなと言われておったんじゃから仕方なかろう」

その言いつけを守り、ここまでやってきたのに、当の本人に秘密主義呼ばわりされたカムラには、さすがに使徒たちも同情せざるを得なかった。

「それで今回駆けつけたっていうの？」

「もっと言えば、前回の危機にもじゃ。お主らとは会えずじまいだったようだが、命懸けでなんとかしたんじゃな。その過程で、後にリグラスクとなるデーモンと出会ったんじゃろう」

「何？　ほとんどがあの方の独壇場《どくだんじょう》だったってこと？」

「そうだ。我々など神の都合で、盤上で踊らされているだけなのじゃ」

「カムラはそれでいいの？」

「いいわけなかろう。人界の神がいなくなり、儂がどれだけ働かされたと思っている？　こちらの世界に戻ってきた以上、嫌と言うほど働かせてやる……つもりだったが、それよりもいいことを思いついてのぉ」

元々、カムラは全てを忘れているライルを人に転生させてこの世界に留め置き、最終的には再び神の座に就かせるつもりだった。

だが、その予定は変更することにした。

今回、精霊たちに神格が付与されたように、見込みのあるものをどんどんライルと関わらせて、彼らに仕事をさせた方がよほど効率がいい。

神になれそうだと見込んでいるものたちは個性豊かな存在が多く、トラブルも持ってくるだろうが……やり方を変えていいといったのはライルである。

「儂に仕事を押し付けておきながら、『スローライフがしたい』などと呑気《のんき》に言っておるのが腹立たしい。なんでも救いたがる強欲な長男坊には、どこの世界に行ってもそんな日が訪れることはないだろうが……」

一つだけ、カムラの計画には不安要素がある。アモンだ。

相棒を思う感情だけで世界の壁を越えられるなんて、明らかにカムラたちよりも格上の存在だ。

ライルがどの世界に行くとしても、絶対についていくに違いない。

そんな彼が今回のように「みんなも一緒に行こう」なんて言って、この世界の者たちを別の世界に連れていこうとしたら……

恐ろしい想像に、カムラは身を震わせた。

以前から、彼にはある疑問があった。

危機的状況で助けに来ると言っておきながら、ライルの到着は遅れた。

五十年以上前にマーサが死んだ時からピンチは始まっていたのに、彼が来たのはほんの十年ほど前である。

想定外のルキフェルの暗躍によって時期が早まったことを踏まえると、世界が救えるギリギリのタイミングでの転生だったと言っても過言ではない。

本来なら地球に生まれることなく、こちらの世界にやって来るべきだったのだ。

助けたがりの人界の神の性格からして、約束を破るはずがない。

地球へ転生し、二十五年の人生を送ったことには、なんらかのイレギュラーが働いたと見ていいだろう。

カムラはライル……もとい夏目蓮を転生させた時のことを思い起こす。

さも自分が転生させたかのように振る舞い、力を磨《みが》くために地球に送ったなんて嘘を吐いたが……もしかして、アモンが彼を地球に呼び込んだのでは？

だとすれば、あの愛くるしい柴犬こそが、この世界を滅ぼす悪魔なのかもしれない。

魂の修復に没頭していたルキフェルが、身支度を整えるカムラを見て、怪訝な顔をした。

「ねぇ、カムラ。どこ行くの？」

「ちょっと犬の散歩にな」

カムラはこっそり拝借した大樹から作られたブレスレットをつけ、聖獣の祠に向かうべく魔界を出た。

神に首輪までつけたあの柴犬の行く先にならスローライフなんてものがあるのかもしれない。

それなら置いていかれるわけにはいかないと、ほくそ笑むカムラだった。

異世界じゃスローライフはままならない
ISEKAI jya SLOWLIFE ha MAMANARANAI
—聖獣の主人は島育ち—
［原作］夏柿シン Natsugaki Shin
［漫画］ひなた丸だいや Hinatamaru Daiya
1～2
はなればなれになった愛犬と、異世界で奇跡の再会!?
聖獣《柴犬》と一緒に暮らす
のんびり転生ライフ!
荒れた海で子どもを助けようとした夏目蓮は、波に飲まれ命を落としてしまう。だが死後に輪廻を司る神と出会い、ライルとして異世界へ転生することに。新しい家族に愛されながら成長していくライルだが、気がかりなのは元の世界に残してきた愛犬のアモンだった。そんなある日、聖獣の祠へ訪れたライルは、思いもよらない奇跡の再会を果たすことに……!?
コミックス好評発売中!
王族との会談、【洗礼の儀】で迎える運命の岐路!!
愛犬＝聖獣の秘密が発覚!?
国を揺るがす緊急事態発生!
●B6判 ●各定価：748円（10%税込）
Webにて好評連載中!
アルファポリス 漫画
検索

Re:Monster
リ・モンスター
1〜9・外伝
8.5
暗黒大陸編1〜3
金斬児狐
Kanekiru Kogitsune
シリーズ累計150万部（電子含む）突破!
TVアニメ化決定!!
ネットで話題沸騰
怪物転生ファンタジー
最弱ゴブリンの下克上物語 大好評発売中!
【小説】
1〜9巻／外伝／8・5巻
◉各定価：1320円（10％税込）
◉illustration：ヤマーダ
新章
【小説】
1〜3巻（以下続刊）
◉各定価：1320円（10％税込）
◉illustration：NAJI柳田
コミカライズも大好評!
【漫画】
1〜10巻（以下続刊）
◉各定価：748円（10％税込）
◉漫画：小早川ハルヨシ

チート薬学で成り上がり！

著 めこ
伯爵家から放逐されたけど…優しい…子爵家の養子になりました！

神スキルで人生逆転！

頼られまくりの万能薬師！

サラリーマンの高橋渉は、女神によって、異世界の伯爵家次男・アレクに転生させられる。さらに、あらゆる薬を作ることができる、〈全知全能薬学〉というスキルまで授けられた！　だが、伯爵家の人々は病弱なアレクを家族ぐるみでいじめていた。スキルの力で自分の体を治療したアレクは、そんな伯爵家から放逐されたことを前向きにとらえ、自由に生きることにする。その後、縁あって優しい子爵夫妻に拾われた彼は、新しい家族のために薬を作ったり、様々な魔法の訓練に励んだりと、新たな人生を存分に謳歌する!?　アレクの成り上がりストーリーが今始まる――！
◎定価：1320円（10％税込）　◎ISBN：978-4-434-32812-1　◎illustration：汐張神奈
重い病気から頭皮の悩みまで速攻解決！

『自分のキャンプ場を作る』という夢の実現を目前に、命を落としてしまった東村祐介、33歳。だが彼の死は神様の手違いだったようで、剣と魔法の異世界に転生することになった。そこでユウスケが目指すのは、普通とは一味違ったスローライフ。神様からのお詫びギフトを活かし、キャンプ場を作って食う飲む遊ぶ!　めちゃくちゃ腕の立つ甘党ダークエルフも、酒好きで愉快なドワーフも、異種族みんなを巻き込んで、ゆったりアウトドアライフを謳歌する……予定!

◉定価:1320円(10%税込)　ISBN978-4-434-32814-5　◉illustration:宇田川みぅ

この作品に対する皆様のご意見・ご感想をお待ちしております。
おハガキ・お手紙は以下の宛先にお送りください。

【宛先】
〒150-6008 東京都渋谷区恵比寿4-20-3 恵比寿ガーデンプレイスタワー8F
（株）アルファポリス　書籍感想係

メールフォームでのご意見・ご感想は右のＱＲコードから、
あるいは以下のワードで検索をかけてください。

アルファポリス　書籍の感想　検索

ご感想はこちらから

本書はWebサイト「アルファポリス」（https://www.alphapolis.co.jp/）に投稿されたものを、改稿・加筆のうえ、書籍化したものです。

異《い》世《せ》界《かい》じゃスローライフはままならない５
～聖獣《せいじゅう》の主人《しゅじん》は島育《しまそだ》ち～

夏柿シン（なつがきしん）

2023年 10月31日初版発行

編集－勝又琴音・今井太一・宮田可南子
編集長－太田鉄平
発行者－梶本雄介
発行所－株式会社アルファポリス
〒150-6008 東京都渋谷区恵比寿4-20-3 恵比寿ガーデンプレイスタワー8F
TEL 03-6277-1601（営業）　03-6277-1602（編集）
URL https://www.alphapolis.co.jp/
発売元－株式会社星雲社（共同出版社・流通責任出版社）
〒112-0005 東京都文京区水道1-3-30
TEL 03-3868-3275
装丁・本文イラスト－鈴穂ほたる
装丁デザイン－AFTERGLOW
印刷－図書印刷株式会社

価格はカバーに表示されてあります。
落丁乱丁の場合はアルファポリスまでご連絡ください。
送料は小社負担でお取り替えします。

ISBN978-4-434-32817-6 C0093